Waltraud Schade

Schicksalsfragmente Eins

Erzählungen

Impressum

Bibliografische Information der Deutschen Nationalbibliothek: Die Deutsche Nationalbibliothek verzeichnet diese Publikation in der Deutschen Nationalbibliografie; detaillierte bibliografische Daten sind im Internet über dnb.dnb.de abrufbar.

© 2021 Waltraud Schade
Herstellung und Verlag:
BoD – Books on Demand, Norderstedt

ISBN 978-3-754340639

BERLIN BLUES

Das Penthouse

Sie hockte vor dem Spiegel in ihrem Schlafzimmer und betrachtete eingehend die hinzugekommenen Falten in ihrem
erschlafften Gesicht. Das Leben hatte sie nicht geschont,
kein bisschen. Unter dieser Ernte grüblerischer Tage lagen
die schönen Zeiten – warum nur musste alles immer so
katastrophal enden? Es klingelte. Wie sah sie bloß aus? Das
Haar, eine Seite lang, die andere kurz, war schief nachge-
wachsen. Sie nahm eine Schere zur Hand und schnitt ein
paar Strähnen ab. Es klingelte wieder. Sie sprang auf und
zwängte sich in das Kleid von gestern, trat dicht vor den
Spiegel. Wieder klingelte es. Sie schlang den Gürtel um die
Taille, da fiel ihr ein, dass sie ja jemanden erwartete. Isolde
ging zur Tür, drückte den Türöffner.

Das Penthouse, hoch über der Stadt, war wie eine Burg,
der sie vertraute. Von hier oben hörte sich das Unten an wie
an- und abschwellender Furchtgesang in einem unaufhör-

lichen Gerüttel und Geschüttel. Die Höhe versprach das Gefühl schwereloser Ferne von den Dingen, die da unten so pompös sich aufwarfen und denen sie hier oben in den Wolken, verborgen blieb.

Der Rundblick über die Stadt war einfach überwältigend und hatte es ihr angetan, damals, als sie sich eine Bleibe suchen musste, mit der Abfindung. Selbst die Schwindel erregende Höhe hatte sie nicht abgeschreckt, im Gegenteil, denn da unten gab es keinen Kiez, keine Läden, keine Kneipen, wie in Kreuzberg. Hier war das Leben erstarrt. Einzig der Autoverkehr raste und bremste, Tag und Nacht. Aber das konnte ihr hier oben egal sein. Die Türklingel schnarrte. Isolde öffnete die Tür und – erstarrte. Vor ihr stand eine schwarz verhüllte Gestalt, ein Mensch, verborgen unter einer Burka.

Ihr wurde kalt: »Gottes Willen – wer ... sind Sie? Was wollen Sie?«

Isolde zog die Tür fest an sich, wie zum Schutz. Die Gestalt war wie das Schicksal, das an die Tür klopft und dem Leben eine endgültige Wendung gibt. Die schwarze Umhüllung bewegte sich leicht an Isolde vorbei in den Flur: »Ach so, das weißt Du noch gar nicht, ich bin konvertiert, zum islamischen Glauben – oder eigentlich nicht, vorher hatte ich ja gar keinen ...«. Isolde stand immer noch wie eine Bildsäule am Eingang. Sie schloss langsam die Tür und ihre Augen – hielt einen Moment inne. Dieser Trotz, sie kannte ihn – Mara besaß ihn also immer noch. Sie wandte sich um und sah ihre Tochter von oben bis unten an. Dann versuchte sie einen Scherz: »Willst Du nicht ablegen?« es klang, wie es klingen sollte, sarkastisch. »Hab' wenig Zeit, muss heute noch einiges vorbereiten …«. Isolde lächelte säuerlich, ihr: »Du hattest ja noch nie Zeit,« war nicht ganz ernst gemeint, aber sie musste ihre Fassung zurück gewinnen: »Nimm wenigstens diesen Gesichtsschleier ab – oder wie das heißt …«. Sie wollte ihrer Tochter entgegenkommen mit dieser gespielten Unsicherheit. Und obwohl sie jetzt wusste, wer in dem Gewand steckte, spürte sie Angst – eine grauenvolle Angst vor der Schwärze und Verhülltheit dieser Gestalt. Sie bat: »Lass uns nach draußen gehen, ich will noch die letzten Sonnenstrahlen genießen,« anderes fiel ihr nicht ein, zu diesem überfallartigen Auftritt.

Eilig lief sie voraus ins Wohnzimmer, das von drei Seiten her die hellen Fluten aufschluckte. Die schwarze Gestalt folgte ihr, blieb im Eingang stehen und wunderte sich: »Oh wie hell es hier oben ist.« Isolde warf sich erleichtert in Pose: »Stell Dir vor, ich brauche keine Vorhänge. Wenn das Wetter schön ist, lebt meine Seele auf in dieser Taghelle.« Durch den Schleier flüsterte es: »Und bei Düsternis?« Isolde schaute tapfer in das vergitterte Gesichtsfenster: »Da verkriecht sie sich.« Wie erstaunt fragte Mara: »Seit wann hast Du sie denn?« Isolde fragte, als habe sie nicht richtig verstanden: »Was denn?« Mara trompetete: »Eine Seele!« Isolde drehte sich weg, öffnete einen Flügel der Glaspforte und trat hinaus aufs Dach. Sie drehte sich um und forderte: »Zieh das aus – wie kannst Du dich bloß so verkleiden – was ist mit Dir passiert?« Sie wollte sie packen, schütteln, doch zuckte sie davor zurück. Die Tochter öffnete einen Klappstuhl, setzte sich und hob ihr Haupt in den leicht bewölkten Himmel: »Warum hast Du uns verlassen?« Isoldes Stimme klang gereizt, während sie an ihr vorbei antwortete: »Also – darum bist Du gekommen? Mich so was Absurdes zu fragen?« Die schwarze Gestalt murmelte die Antwort in den Himmel: »Eigentlich wollte ich dich an etwas erinnern …«. Isolde drehte sich um und ging ins Zimmer hinein. Nach ein paar Minuten kam sie mit zwei Gläsern und einer Flasche Wein wieder heraus. Mara sah die Flasche: »Ich trinke nicht – mehr …« Isolde stellte alles auf den Tisch: »Was ist mit dir passiert?« Sie musste wieder wegsehen beim Sprechen, sie konnte diese Schwärze nicht ertragen. »Das was auch Du kennst …« Isoldes Stimme klang ungeduldig: »Also, sag schon …«

»Verliebt …«, klang es durch das Gesichtsgitter. »In einen Salafisten …«, kreischte Isolde. Sie griff nach der Weinflasche, schenkte ein Glas randvoll ein und stürzte es in einem Zug hinunter. Mara riss ihr die Weinflasche aus der Hand und kippte sie aus: »Ich will – dass Du nüchtern bleibst!« Isolde schleuderte das leere Glas auf den Terrassenboden: »Herrgott noch mal, hör endlich auf, mich wie ein Kind zu behandeln …« Mara stand auf: »Du bist ein Kind – ein großes, altes Kind!« Isolde drehte sich weg, ihre Hand zitterte: »Und Du bist …«, sie suchte nach Worten, »frech … gemein … bösartig … unverschämt!« Mara stand langsam auf: »Woher kommt das bloß?« Sie streckte ihre Arme aus: »Vom Himmel?« Langsam drehte sie sich um sich selbst und tanzte als ein großer, schwarzer, schwerer Vogel über die Terrasse.

Isolde wusste nicht wohin mit ihren Augen – und folgte wie paralysiert den immer grotesker werdenden Bewegungen ihrer Tochter. Sie stand auf. Mara sang: »Kann denn Liebe Sünde sein …« Isolde lief auf sie zu, voller Widerwillen nahm sie die schwarze Gestalt bändigend in ihre Arme: »Es reicht!« Mara wehrte sich gegen die Umarmung, Isolde griff nach dem Gesichtsschleier – wollte die Augen ihrer Tochter sehen, wollte glauben können, was sie sah – sie riss daran, doch Mara war stärker, schüttelte ihre Mutter ab, stieß sie zu Boden: »Fass mich nicht an – Du hast kein Recht auf mich!«

Isolde lag da und heulte: »Ich bin - Deine Mutter …«

Mara stand vor ihr, beugte den verschleierten Kopf über ihre Mutter: »Ich habe keine Mutter, hatte nie eine …«

»Aber ich habe dich geboren …« heulte Isolde voll Selbstmitleid in sich hinein.

»Und nicht geliebt!« Mara blieb unerbittlich. Isolde erhob sich stockend, verwirrt fuhr sie mit ihren Händen über ihren Körper, als sei sie staubig geworden und strich ihre Haare glatt. »Diese Haare …«, empörte sich Mara. »Das ist meine Sache …« verteidigte sich Isolde. »Damit hast Du sie angelockt …«

»Wen angelockt?,« wollte Isolde wissen. »Beide, Männlein und Weiblein, halb lang, halb kurz – ein Signal in zwei Welten!« Isolde versuchte abzulenken: »Was trägt man unter einer Burka?« Mara stellte sich dicht vor ihre Mutter, sie waren beide gleich groß und in ihren Bewegungen steckte eine Gleichheit, wie von Schwestern, die sich nachahmen: »Man trägt nicht Burka – ich trage darunter blütenweiße Unterwäsche, wenn Du's genau wissen willst!« Sie wendete sich ab und lenkte ihre Schritte in Isoldes Schlafzimmer. Vor dem französischen Bett blieb sie stehen: »Ich bin ja bei Regen in einem Zelt gezeugt worden, nach einem Streit, den Du im Liegen austragen wolltest.« Während sie sprach, holte sie unter ihrer Burka einen Dolch hervor und stach, wie von einem Dämon ergriffen, unter wilden Schreien immer wieder in die Matratze, riss sie auf mit ihren Stichen, bis die Innereien herausquollen. Isolde schaute von der Terrassentüre aus fassungslos zu. Sie bat und flehte: »Hör auf –

hör auf …«" und konnte keinen Schritt gehen, so sehr bannte sie der Anblick der wütenden schwarzen Gestalt. Plötzlich drehte sich Mara um und stürmte mit funkelnder Waffe auf ihre Mutter zu. Isolde stolperte auf die Terrasse, rannte zur Ummauerung und kauerte sich an den Boden, zitternd vor Angst. Mara stürzte ihr hinterher. Bei ihrer Mutter angekommen, stand sie vor ihr, mit gesenktem Kopf, als ob sie noch etwas sagen wollte oder sich etwas überlegen würde. Dann hob sie ein Bein, stellte ihren Fuß auf den Rücken ihrer Mutter stieg über sie hinweg und stellte sich auf die Balustrade. Dort oben erhob sie ihre Arme gen Himmel, jauchzte, stieß einen schrillen Schrei aus, wie von einem verwundeten Tier, ruderte mit den Armen und flog wie ein Vogel hinab in die Tiefe.

Isolde lag benommen da. Ihre Augen starrten in eine imaginäre Ferne. Nach einer Weile fasste sie den Rand der Balustrade, zog sich daran hoch und blickte hinunter. Sie konnte nicht viel erkennen, außer einigen winzigen Gestalten, die auf einen schwarzen Punkt zustrebten.

Isolde torkelte zurück ins Penthouse und ging zielstrebig in die Küche. Sie musste ja noch einkaufen. Es fehlten Milch und Butter, Käse und Aufschnitt, Kaffee und Wasser. Sie hätte ihrer Tochter ja gar nichts anbieten können. Wie spät war es? Sie suchte eine Uhr und erschrak. Schon so spät? Schnell schlang sie eine Jacke um sich und lief zum Aufzug.

Im Fahrstuhl begann ihr Denken zu rotieren.

Etage 17, wer war schuld? Etage 16, wann hatte das Elend seinen Lauf genommen? Etage 15, es gab doch da einen Moment? Etage 14, einen Moment an dem sich alles umkehrte – Etage 13, den gab es immer – man musste ihn nur herausfinden – Etage 12, war es im Sommer in Frankreich gewesen? Etage 11, damals der Urlaub im Zelt, Etage 10, schlechtes Wetter – ewig schlechte Laune! Etage 9, oder ihre nibelungentreue Anhänglichkeit? Etage 8, nein, es musste noch davor gelegen haben und all ihren Sinnen entgangen sein – Etage 7, ja, es geschah zu Anfang, alles Ende liegt im Anfang begriffen – begreifbar! Etage 6, aber was war im Anfang? Etage 5, verliebt und ohne Sorgen – Etage 4, die Eltern waren schuld! Etage 3, nein ich selbst und meine verbohrten … Etage 2, warum denn ausgerechnet ich? Etage 1, ich wollte – jetzt weiß ich es wieder, Erdgeschoß, versorgt sein, wollte unter Dach und Fach, hatte die Suche satt, wollte raus aus dem Elternschlamassel …. nahm den nächstbesten …

Isolde riss den Fahrstuhl auf und rannte nach draußen. Plötzlich blieb sie stehen, Tränen liefen ihr übers Gesicht. Sie blickte in den Himmel, große Tropfen lösten sich aus den Wolken. Sie wischte sich übers Gesicht und ruderte mit den Armen, wie ein Vogel.

Hully-Gully im Hofcafé

Meret saß im Hofcafé, vor einem Glas Rotwein. Die Zeit zog Kreise in ihrem Kopf. Zwanzig Jahre war sie in einer Puppenstube am Volkspark eines kleinbürgerlichen Beamtenbezirks versackt, so, als habe sie unter Wasser gelegen, unfähig sich zu rühren. Es waren schlaflose Nächte, wenn aus der Nachbarwohnung Geräusche drangen, die grausige Phantasien in ihr erzeugten. Im Bann dieser Schreckensvisionen hätte sie auf der Fahrt zur Arbeit fast einen Unfall verursacht. Das war das Fanal zum fälligen Umzug.

Jetzt lag sie in dieser Schuhschachtel, an einem Charlottenburger See. In die Wohnung unter ihr war Valerie gezogen, eine spanische Schönheit. Seit sie aus derselben Cola-Dose getrunken hatten, war es um sie beide geschehen, so kurz vor der Rente. Sie hatten sich übereinander in Wohnwaben gestapelt, weil sie glaubten, dass die Liebe in vier Wänden schneller verblühen würde.

Alte Schraube, blitzböses Weib ...

So lebten sie also übereinander, telefonierten und verabredeten sich. An manchen Abenden saßen sie verliebt im Hofcafé, zwischen abgestumpften, in Kübeln gefangenen, grauen Grünpflanzen unter schauerlichem Nippes; ein Ort wie ein Sarglager, an dem die ganze Nachbarschaft verkehrte und dies unter dem stechenden Blick der Hausverwalterin Bach, die stets stocksteif am Tresen stand und gewaltige Mengen Weißweins in sich hineinschüttete. Nach ein paar Gläsern gelangte man von unfroh zu närrisch und Meret spürte die feindseligen Blicke der Bacchantin Bach in ihrem Rücken.

Eines Abends langweilte sich Meret. Als sie Valerie anrief und fragte, ob sie nicht mitkommen wolle ins Hofcafé, auf ein Glas, reagierte Valerie sehr ungnädig: »Du bist so egoistisch. Ich will dich heute Abend nicht sehen.« Also hockte sich Meret allein neben die biertrinkende stachelige Nachbarin und glotzte in die trüb-feuchten Augen der weinseligen Wirtin. Im Morgengrauen kehrte sie in ihre Wohnbox zurück. Der Anrufbeantworter blinkte und spulte sieben mal die verstimmte, beleidigte, erbitterte und drohende Stimme Valeries ab: »Wo bist Du? Warum sagst Du mir nicht, wo Du gehst? Warum lässt Du mich alleine hier sitzen? Das ist demütigend. Du verachtest mich! Ich bin für Dich – nichts! Nur ein alte spanisch Geliebte! Ein spanisch

Fliege, die man zerdrücken kann. Das ist erniedrigend und respektlos. Das werde ich Dich nie vergessen!« Nach dieser Nacht setzte sich Valerie nach Spanien ab. Heimlich.

Schlange – Schlampe – falsche Nulpe ….

Zurückgeblieben in der Wohnung letzter Wahl wurde es Meret dort immer unbehaglicher. Zwar hatte sie ihr spärliches Mobiliar ökonomisch-ästhetisch in dem Gehäuse verteilt, die Büchse wohnlich gestaltet und versucht, sich an den Abenden bei Kerzenlicht und Blues selbst zu feiern … aber viel zu oft war ihr der triste Hinterhof säuerlich aufgestossen, in dem sich ein Baum mit seiner Existenz abquälte. Von ihm fühlte sie sich betrübt beblickt – sollte das denn hier ewig so weiter gehen? Während sie im Internet nach einer geselligen WG suchte, ließ sie sich vom Routine-Alltag durch die Wochen schleppen. Immer häufiger fühlte sie sich von Außen bedrängt. Die geräuschvollen Angewohnheiten ihrer Mitbewohner, ertrug sie nur noch schwer. Und selbst von nebenan drang es zu ihr durch. Die Wohnungstür des Nachbarn stieß unmittelbar an ihre Schlafbuchte. Zwischen Nacht und Morgen hatte sie öfters ein schnarrendes Klingelgeräusch aus dem Tiefschlaf gerissen. Beschwerden bei der Hausverwaltung nützten nichts. Und auf ihr Läuten öffnete der Mieter nie – man erzählte ihr, dass er schwerhörig sei.

In der Dämmerung hatte Meret manchmal voll Verlangen

an die amüsanten Abende mit Valerie im Hofcafé gedacht, an die derben Gute-Laune-Partys der süchtigen Existenzen, bei Line-Dance und Doppelkopfrunden. Warum nur war Valerie so schnell verschwunden? Wo sie doch ein ausgefülltes Seniorendasein hätten führen können, mit Lachen und Essen, Malen und Schreiben, Denken und Trinken.

Heuchlerin – Unholdin – Schreckmaske – Gurke …

Doch nun war Meret allein und ging auch nicht mehr ins Hofcafé.

Eines Nachts war sie in dumpfem Musikgewummere erwacht. Sie suchte die Quelle, und fand sie beim Nachmieter Valeries, einem kümmerlichen Dickwanst, der betrunken die Tür öffnete, sich weinerlich über sein Schicksal beklagte und dann pikiert fragte, ob sie die Nachbarin über ihm sei? Als sie bejahte, ergoss sich ein Wortschwall über sie: »Sie! Sie rücken nachts Ihre Möbel, trampeln mir auf dem Kopf herum und sind überhaupt auch tagsüber nicht leise!« Das war ja ungeheuerlich, jetzt sollte sie sich noch entschuldigen?

Am nächsten Tag, als sie das Haus verließ, stolperte sie auf dem schadhaften Gehsteig und knallte mit dem Kinn aufs Pflaster. Jetzt reichte es. Ein Fluch lag über dieser Wohnung. In der Schuhschachtel war schnell die Kündigung geschrieben.

Die stocksteife Hausverwalterin Bach wollte nach drei

Monaten die Mietkaution überweisen. Nach vier Monaten musste Meret schriftlich darum bitten. Das war der Beginn einer unheilvollen Entwicklung.

Ein Schreiben war gekommen, zusammen mit einer Rechnung über Reparaturen, deren immense Summe von der Kaution abgezogen worden war. Für Lappalien wie einen verklemmten Lichtschalter, den sie nie benutzt hatte und einen abgenutzten Dunstabzugsfilter, der bereits beim Einzug die gleiche graue Färbung aufgewiesen hatte. Die Bach schickte ihr ein Abnahmeprotokoll, das nicht unterschrieben war. Das Original war verschwunden. Meret zeigte sie an.

Danach hatte Meret die Bach auf der Straße getroffen, steifbeinig ging sie an Meret vorbei, die ihr ins Gesicht sah und in ihren Augen eine eingemauerte Blicklosigkeit wahrnahm. Es kam Meret so vor, als seien die Lebenssäfte der Bach wie gefroren. Ein andermal war Meret an einem Nachmittag vor dem Hofcafé vorbei gelaufen, hatte kurz hinein geblickt und die Bach baumlang drin stehen sehen. Plötzlich schossen zwei Schoßhunde aus dem Lokal, umkreisten Meret wie wild und kreischten ihr hysterisches Gebell aus ihren kleinen Schlünden. Die Wirtin war herausgeeilt und stand selbst wie angewurzelt am Eingang, unfähig die Biester zur Räson zu bringen. Meret war schnell klar, dass die Bach aus Wut die kleinen Schreckensgeschöpfe auf sie gehetzt hatte. Was war los mit der Bach? Wofür wollte die Bach Meret bestrafen? Du schwarze Spinne Bach, was lauert in Deinen Abgründen? War da etwas unerlöst?

Würde die Bach traumlos schlafen oder sich in Alpträumen winden? Meret fiel ein, wie sie sich mal aus der Wohnung ausgeschlossen hatte. Die Tür war zugefallen, der Schlüssel steckte von innen. Ein Schlüsseldienst verlangte fünfzig Euro, doch sie hatte Glück im Pech – die Bach schickte ihren Mann, ein hilfsbereites, tief gebeugtes, graues Männlein, das geschwind mit einem Spachtel die Tür öffnete und sich dann still entfernte. Meret versprach der hilfreichen Hand eine Flasche Wein. Die Bach, darauf angesprochen, hielt eine Flasche Bier für ausreichend. Dem grauen Männlein war Meret danach nie mehr begegnet.

Die Bach gewann den Prozess. Meret heulte vor Wut und trampelte auf der Urteilsbegründung herum. Die Welt stand Kopf, lügen wurde belohnt. Merets Zeugen nannte der Richter unglaubwürdig. Jemand erzählte ihr später, dass nirgends so viel gelogen werde, wie vor Gericht.

Mutig steuerte Meret noch am gleichen Abend das Hofcafé an, sie wollte den Triumph dieser Megäre besichtigen. Sie setzte sich in eine dunkle Ecke und bestellte sich ein Glas Rotwein. Allmählich füllte sich die Räuberhöhle und sie konnte unter ihrem geliehenen Kopftuch mühelos ihre Beobachtungen machen. Flamenco-Klänge flatterten durch den Qualm, was niemanden berührte, nur Meret. Die Tür ging auf, das kleine graue Männchen schlüpfte herein und setzte sich an Merets Tisch. Meret zog ihr Kopftuch tiefer ins Gesicht. Wo blieb bloß die Bach? Da war sie. Die knöcherne, storchengleiche Frau Bach stelzte wie hergezaubert durch den Raum. Es war zum Entzücken, wie sie gierig ein Glas Wein in sich hineinstürzte und nach dem zweiten Glas aus sich herausging und die junge flotte Wirtin umtänzelte in absichtsvollem Begehren.

Nach dem dritten Glas konnte Meret die Bach nur noch schemenhaft durch die Alkoholdunste erkennen – immerhin so viel, dass sie sah, wie sich das Gesicht der Bach verdunkelte. Die flotte Wirtin, sie hörte auf den hübschen Namen Betty, thronte hinter der Theke. Ab und zu erhob sie ihr Glas voll des weißen Weins, so dass die Saufaus-Gespenster alle laut prosteten und die Bach jedes Mal zusammenzuckte, als sei sie gemeint. Sie schien ausgedürstet trotz all des Alkohols, den sie allabendlich in sich hineingoss an Bettys Theke. Gab es etwas Menschliches an der Automate Bach? Das fragte sich Meret zum ersten Mal. Da war es. Die Bach hatte sich auf einen Barhocker gepflanzt und beugte ihren platten Oberkörper über die Theke hinüber zu Betty. Sie fuchtelte mit ihrem Glas vor deren Gesicht herum und redete heftiges Zeug, das Meret nicht verstand. Die gestockten Lebenssäfte schienen überzufließen in wahnwitzigem Gelalle. Meret wollte schon gehen. Da geschah es. Die Betthupferl-Hunde der Betty sprangen an der Bach hoch, mit schrill-heiserem Gebell. Angstvoll trat die Bach nach ihnen, schleuderte ihr Glas der Betty vor die Brust und fiel in eine Weinlache, in der sie sich wild und verzückt wälzte. Die kleinen Viecher ließen nicht ab von ihr, das Männchen neben Meret war aufgesprungen, stolperte zur Bach hin und riss sie kräftig an den Haaren. Meret hatte genug gesehen, sie sprang auf, stürzte in aller Eile an der Bach vorbei – zischte ihr zu: »Sowas lebt und Amy Winehouse musste sterben« torkelte aus der Kneipe. Zahlen würde sie später, wenn alles vorbei war.

Das Werk der Dämmerung

Als er endlich tot am Boden lag, rieb sich Hector die Hände, sie waren rot vor Anstrengung. Jede Nacht diese Folterqualen, er befühlte seinen Kopf. Alles war in Ordnung. Es war vollbracht. Er sah nach oben durch die Bäume in ein Stück Himmel und stieß mit seinem Atem alle Flüche und stummen Schreie der vergangenen Jahre aus. Dann blickte er sich suchend um, der Wald schwieg. Er zog den leblosen Körper hin zu einem Kraterloch, warf ihn hinein und bedeckte ihn mit umher liegendem Laub, Ästen und Zweigen.

Warum auch hatte er ihm über den Weg laufen müssen?

Er griff nach dem Kreuz, das an einer Silberkette um seinen Hals hing und umfasste es, nach Hilfe suchend. Hector lief weg vom Kraterloch, wie in Trance. Er spürte nichts, seine Beine liefen vor ihm her. Wie hatte er das tun können? Warum war er soweit gegangen? Nein – nicht er, der Andere, der dort jetzt lag, war so weit gegangen. Er war selbst schuld an seinem Tod – hatte ihn gewollt, ja darum gebeten, gewinselt – wie Hector um seine Friedensruhe gewinselt hatte. Immer wieder hatte er ihn angefleht, damit aufzuhören. Aber er hatte nur gelacht und böse, dumme Sachen gesagt. Er war ein Großmaul mit einem Kleinhirn, seine Seele musste man am Fuß eines Eisbergs suchen. Er selbst hat sich ins Jenseits gewünscht und gebracht – Hector war nur sein Werkzeug gewesen.

Plötzlich hörte Hector ein lautes Pfeifen. Er blieb stehen, schob sich hinter einen dicken Baum. In einiger Entfernung rannte ein Hund auf das Pfeifen zu, mit flatternden Ohren. Der Hund saß wedelnd und hechelnd vor einer dunklen Gestalt, die in Hectors Richtung blickte. Hector beobachtete beide, zog aber zur Vorsicht seinen Kopf zurück.

Als nichts geschah, schob er ihn wieder vor. Wie ein Schatten bewegte sich die Gestalt auf Hector zu, der Hund folgte ihr. »Nicht – nicht, ich ...«, schrie Hector angstvoll. Die Gestalt blieb vor ihm stehen. Hector blickte schuldbewusst zu Boden. Die Gestalt war ein Mann, jünger als Hector und doch so alt wie die Welt, dachte Hector. »Was ist los?«, fragte er neugierig. »Ich gestatte Ihnen nicht, über mich zu richten.«, kam es trotzig von seinen Lippen. Der Mann sah ihn an und packte ihn am Kragen: »Was war los? Was hast Du getan?« Hector jammerte: »Ich erlaube Ihnen nicht…«

Seine Augen glitten hin und her – eilten in die Weite. Er riss sich los und rannte, als ob Windstöße ihn vor sich hertrieben. Der Mann folgte ihm. Der Hund jaulte auf und sprang hinterher.

Hector kam bald in Atemnot, schnaufte, wurde langsamer und stolperte über einen Baumstumpf. Er flog nach vorn, riss die Arme hoch, wie um sich abzustützen oder zu fliegen. Im Fallen traf ihn ein Sonnenstrahl. Hector landete unsanft in dem Kraterloch. Er schloss die Augen:

Ein kleiner Junge auf dem Arm seiner Mutter – sie läuft mit ihm ins Meer, legt ihn in die Wellen, zieht ihn durchs Wasser, hin und her – hin und her, er juchzt, sie nimmt ihn bei den Händen und schwingt ihn durch die Wellen – er bekommt Wasser in den Mund, prustet, schreit – schreit, sie zieht ihn weiter durch die Wellen, er strampelt, schreit, schreit – hört nicht auf …

Eine Hand streckte sich ihm entgegen. »Los, komm schon…«. Hector will lieber liegen bleiben, eine Weile schlafen oder sich verschnaufen. Aber die Hand fuchtelte vor seinen Augen herum, gab keine Ruhe. Er packte sie schließlich und ließ sich von ihr aus dem Loch ziehen.

Der Mann nahm seinen Hund an die kurze Leine, umfasste Hectors Schulter und setzte sich mit beiden in Bewegung. »Was ist passiert?«, fragte er. Hector schüttelte die Hand ab. »Mahnende Wesen sind bei mir gewesen …«, flüsterte Hector. »Wer?«, fragte der Mann, die Hundeleine schwingend. Hector schwieg. Er drehte ihm seinen Kopf zu, sah ihn ängstlich an: »Wer sind Sie?« – »Eins von deinen Wesen – also, was war los?« Statt zu antworten, lief Hector den Weg, den er gekommen war, zurück. Ja, was war los gewesen – er hatte es vergessen, wollte vergessen … die Schritte, das Öffnen der Türe, die Musik, die Schritte, die Bewegungen ihrer Körper …

Schnell verließ er den Schlosspark und beschleunigte auf der Straße sein Tempo, aus Angst, der Mann könne ihm folgen. Er machte ein paar Umwege und blieb schließlich keuchend vor einem Haus stehen.

Nachdem er sich vergewissert hatte, dass der Mann ihm nicht gefolgt war, zog er einen Schlüssel aus der Manteltasche, schloss damit die Haustüre auf und drückte sie schnell hinter sich zu.

Im zweiten Stock öffnete er eine Wohnungstüre, trat ein und schloss sie sorgfältig hinter sich ab. Er hängte den Mantel an einen Nagel in der Wand, zog die Schuhe aus und putzte sie blank. In der Küche setzte er sich an den Tisch und trank den kalten Kaffee, der dort noch vom Frühstück her stand. Dann räumte er Teller, Tasse und Besteck ab und stellte alles in die Spüle.

Draußen dunkelte es schon, Hector zündete eine Kerze an und ging über den Flur ins einzige Zimmer der Wohnung. Plötzlich klingelte es an der Wohnungstüre. Hector blieb erschrocken mit der Kerze in der Hand im Zimmer stehen, mit verhaltenem Atem, als seien Häscher an der Tür. Die Kerze beleuchtete einen Raum, in dem außer einem Sarg und einem Stuhl nichts sonst stand. Es klingelte und klopfte – Hector regte sich nicht – wenn es der Mann mit dem Hund ist? Und wenn es der Obermieter ist? Wie? Er war ja doch tot! Von Hectors eigener Hand erdrosselt … Stille.

Hector schloss die Zimmertür, zog sich lautlos aus, bis auf seine Unterhose, legte alles über den Stuhl vor dem Fenster, ging auf Zehenspitzen zum Sarg, öffnete ihn lautlos, stieg hinein, legte sich kerzengerade zurecht und zog den Sargdeckel über sich.

Jetzt lag er da, wie jede Nacht, in seiner mit grünem Samt bezogenen Höhle, auf dem Rücken, die Arme an den Körper gepresst, ruhig und in Frieden. Die Klingel war verstummt, Schritte entfernten sich. Jetzt konnte der Schlaf kommen. Er war befreit von dem ewigen nächtlichen Gepolter, den schweren Schritten, die ihm das Leben zur Hölle gemacht hatten. Er schloss die Augenlider und wartete auf den Schlaf – bald träumte er von bunten Wiesen, summenden Bienen und flatternden Schmetterlingen.

Im Gras unter einem Apfelbaum, sah er eine Gestalt sitzen. Sie blickte ihn an, als ob sie auf ihn wartete.

KRETA-ZYKLUS

Kretische Sommer

Jeder Sommer löscht einen voraus gegangenen – doch nicht ganz aus – und sie alle hängen zusammen, wie die Glieder einer Kette.

Der Bus fuhr mit uns durch die minoische Insel. In Vorfreude auf Kommendes, machten mir auch die holprigen und kurvigen Wege nichts aus, über die der Fahrer in Rennfahrerlaune brauste. Erst als er hielt, sah ich bestürzt durchs Fenster: Was - das soll Kreta sein? jammerte ich enttäuscht. Alles war so verdammt verstaubt. Ich trabte als Letzte aus dem Bus, ließ mich auf meinen Rucksack fallen und konnte zusehen, wie die hinter dem Bus herwehende Staubfahne sich zufrieden auf das spärliche Grün am Rand legte.

Aufgebracht rannte ich ans Meer, stolperte über einen Strand mit faustgroßen, graublauen Steinen und blieb erstarrt stehen. Graue Wellen rollten aufgewühlt auf mich zu. Das – sollte mein Sommer werden?

Abends rollten wir unsere Schlafsäcke unter halbhohen Bäumen aus, ein paar Schritte vom Meer entfernt. Die Wellen rollten uns in den Schlaf. Hier kampierten wir die nächsten vier Wochen und ich wusch mir genauso lange nicht die Haare, die bald griechisch gelockt mir vom Haupte hingen, voll des Salzes aus dem Meer.

Wir mussten sparen. Abends gab es Spaghetti mit Tomaten und Schafskäse und morgens einen Tee vom Campingkocher und eine Scheibe Weißbrot mit Käse.

Die Wanderung durch die Schlucht von Samaria war in diesem Sommer das einzig bedeutende Ereignis. Durch diesen viele Kilometer langen Krater stiefelten wir stetig abwärts über viele Stöcke und Steine, fielen in lukrative Phantasien. Vom Stolpern und Fallen erschöpft, stellten wir uns fette Deals vor, die wir mit Eseln machen würden, die wir an Frauen vermieteten, die in Sandaletten unterwegs waren. Oder mit Pflastern, die wir an Leute mit wund geriebenen Füssen verkauften. Und erst die Colakisten, über die die Touristen gierig herfielen, nachdem wir zuvor Salzstangen und Erdnussflips an sie verhökert hatten.

Nach vier Wochen hatten wir von Sougia genug und rüsteten uns für ein Küstenabenteuer. Das Schiff hopste von Küstenort zu Küstenort, schaukelte, dass einer Frau die schöne griechische Stofftasche von der Schulter ins Meer flüchtete und ein Mann ihr hinterher sprang. Zurück an der

Reling herzte und küsste sie ihn, was uns verwunderte, denn vorher hatten sich nur ihre Rücken gegenseitig angesehen.

In Loutron stiegen wir aus und den Hügel hinauf – schüttelten unsere Schlafsäcke wieder aus und poften. Am Morgen stiegen wir daraus hervor – etwas kam uns komisch vor. Da entdeckten wir 20 Schritte entfernt einen alten Griechen, der uns durch ein Fernglas beglotzte. Diese Doppelmoral – am Strand oben ohne liegen oder schwimmen war verboten – erlebten wir noch als Kehrseite einer Medaille.

In einem Freiluftkino setzten wir uns in eine Vorstellung : Sex & Crime – es wurde gemordet und vergewaltigt, am laufenden Band – so dass ich lieber den Himmel betrachtete, dessen Schauspiel spannender war und mir intensiver unter die Haut ging, als die Leinwandbilder.

Ob mit Fähre oder Flugzeug, Knotenpunkt war Heraklion. Von hier aus ging's mit dem Bus am Meer entlang nach Chania. War man einmal in der Bezirksmetropole angekommen, führte der Weg zu einer Pension, die bekannt dafür war, jederzeit einchecken zu können. Man wählte ein Zimmer, stellte das Gepäck dort ab, nahm sich den Schlüssel, ging was essen, kehrte müde dahin zurück und fiel ins Bett. In der Frühe klopfte der Besitzer und forderte das Übernachtungsgeld. Nach dem Frühstück in kühler Morgendämmerung warf man das Gepäck in den Bus und fuhr quer durch die Insel an die Südküste.

Im nächsten Sommer schon quartierte ich mich bei Mrs. Helena ein, einer englisch sprechenden griechischen Landlady, deren Haus mit 13 Zimmern und himmelblauen Fensterläden hinfort mein Heimathafen war. Schrank, Tisch, Stuhl und zwei Betten, auf denen ich meine Odyssee-Lektüre und Schreibutensilien ausbreitete, genügten mir. Von meinem Balkon aus blickte ich auf den Strand voller Steine.

Nach ein paar Tagen wurde es mir klar. Dies hier war der Morgenstrand – vor dem Frühstück noch schnell in die Fluten getaucht – und auch der Abendstrand – beim schwindenden Licht der Sonne hockte dort zuweilen eine einsame Gestalt auf den Steinen, wie aus einer alten Sehnsucht erwacht.

Der eigentliche Badestrand lag auf der anderen Seite des Ortes, ein Strand aus Sand, auf dem die Flöhe hüpften.

Auch im nächsten Sommer waren sie noch da, die kindskopfgroßen, graublauen Steine, auf die ich mein Handtuch warf, mich vorsichtig darauf legte, den Blick aufs Meer gerichtet, die Füße ausgestreckt auf dem schmutziggrauen Sandstreifen, den die heranbrausenden Wellen nass leckten. Diese Steine, warm und rund, habe ich noch oft im Nacken gespürt. So gepolstert, in einem Buch lesend, kam das Liegen einer Fakir- Übung gleich. Bald versöhnte ich mich mit den Graublauen.

Die Steine eigneten sich auch für eine Kuhle, über die wir im Abendrot einen Grillrost legten, nachdem wir ein kleines Feuer entfacht hatten. Dort und in einem anderen Sommer habe ich feine Fische verzehrt mit Anselmo, einem Künstler aus Graz der die Flasche Wein nicht mehr vom Mund absetzte, bis sie leer war und das Meer tobte.

Tagsüber röstete uns die sich gleißend ausgießende Sonne und blähte Anselmos Gesicht zum Ballon auf. Abends und die nächsten Tage sog er seine Getränke nur mit dem Strohhalm ein, weil seine Lippen keinen Glasrand mehr berühren durften. Sie wären sonst geplatzt.

Bei unserer Wanderung frühmorgens am Meer entlang, hüpfte er emsig übers Felsgestein immer weiter voraus. Zusammen erreichten wir noch die römische Badebucht, ein Ort mit einer in die Seele sich einlagernden Ruhe und klarsten Wassers. In den Bäderruinen hätte ich baden mögen und auf den Mosaiken tanzen. Später, als die Sonne sich schon mächtig am Himmel zeigte, über den Hängen mit nur wenig Schattenspendenden Büschen, verloren wir uns. Ich verkroch mich unter einen Busch und konnte endlich meinen Gedanken nachhängen. Erynnien umschwirrten meinen müden Geist. Ob ich wohl je eine längere lustvolle Beziehung finden würde? Nachdem doch schon so einige in den verflossenen Jahren verschwunden waren. Über die Ebene nach Sougia lief ich mit Blasen an den Füßen und kam hungrig und ausgetrocknet ins Kafeneion. Da saß er schon. Anselmo. Vor einem Berg Spaghetti mit Schafskäse, daneben eine Flasche griechischen Wein. Wir tafelten und suchten uns singend und torkelnd mit unseren Schlafsäcken eine geschützte Stelle am Meer.

In einem Frühsommer waren wir so viele, dass ich mich zurückziehen musste. Mrs. Helena gewährte mir den Aufenthalt im Rohbau ihres neuen Ferien-Bungalows in ihrer abgelegenen Farm. Unter Eselsschreien, Schafgeblöke und Vogelgezwitscher schrieb ich mir meinen Frust von der Seele auf einer mitgebrachten Reiseschreibmaschine, anderntags nahm ich das Paddelboot und paddelte mich weit hinaus aufs Meer. Allein – Hauptsache allein.

Wie weit zurück liegt der Sommer mit der Maus? Sie war in eine herumliegende Rezina-Flasche gekrochen, angezogen vom Duft der letzten Tropfen. In einem Reflex stellte ich die Flasche auf. Sie naschte an ihren Pfötchen den süßen Seim. Als sie satt war, betrachtete ich zuerst interessiert, dann besorgt ihre bemühten Fluchtversuche. Nach jedem Hüpfer fiel sie erschöpft zurück, das Fell immer nasser, sie selbst immer schwerer und die Chance, durch den Flaschenhals in die Freiheit zurück zu kriechen, schien immer aussichtsloser. Ich bekam Mitleid und auch aus Angst vor der Strafe des Mäusegottes legte ich die Flasche wieder hin, aber für ihr kleines Leben war es schon zu spät. Sie schied ihre letzte Mahlzeit aus und verschied.

Im Abendschein eines scheidenden Spätsommertages diskutierten wir an diesem Strand Ingeborg Bachmanns zentralen Satz: »Wir bewohnen ein von den Alten möbliertes Land.« Das Gefühl, in muffigem Mobiliar – gebeizt und aufpoliert – zu hausen, ohne Aussicht auf Wirklichkeit, war ungeheuerlich und begleitete uns alle. Jeder laut gedachte Gedanke begrüßte den nächsten und erneuerte sich eilfertig mit jedem Becher Rezina. Wir sehnten uns so sehr nach unmöblierten Ländern...

Viele Sommer lang blickte ich vom Fenster meines Zimmers aus fasziniert auf diesen Strand – die von den Wellen gebaute Landschaft aus großen graublauen Steinen mit Sand dazwischen.

Frühstück gab es im Kafeneion nebenan. Das Ensemble von Kaffee Greco, Weißbrot, Butter, Marmelade und Honig, war schlicht und monoton zugleich, wie der sanfte Blick des alten Mannes unter seinen langen schwarzen Schafswimpern. Beim Aufstehen stand die Sonne dann schon hoch über dem Meer, das sonnenbeglitzert lockte.

Es ist früher Abend, ich sitze allein am Tisch, blicke aufs Meer über den leeren Teller mit den Fischgräten hinweg, sehe die sinkende Sonne verglühen. Sie erinnert mich an die Abende, als Eos ihre lieblichen Farben über den Himmel streute und die Szenerie bizarr erleuchtete:

den aus dem Meer ragenden rostenden Schiffsrumpf, neben dem sich niemand mehr ins Wasser traute. Den an einen Felsen geketteten schmutziggelben Köter, der mich stets schon von weitem erkannte, Freudentänze aufführte und die Leckerbissen von Helena gierig hinunterschlang, die ich verschmäht hatte - auch die Begegnung mit der hageren, blonden Frau, die zivilisationsmüde hinter dem Steinstrand im Schilf mit einem Buch in einer Höhle lebte und sich von Feigen, Zitronen und Orangen ernährte, bis sie mit Olivensammeln ein paar Drachmen verdiente und sich in unserer Gesellschaft Lammkoteletts und einen Wein gönnte. Und erst die Gewitternacht, die uns vom Strand in eine Felsenhöhle vertrieb, in der wir in Schlafsäcken dicht gedrängt nebeneinander lagen, ich im hintersten Winkel, voll Grauen vor dem, was sonst darin hauste und womöglich in der Dunkelheit auf mich zu kroch. Die nächste Nacht war mir lieber. Im nahe gelegenen Olivenhain hatten wir ein Steinhäuschen entdeckt, das die Netze aufbewahrte, in die die reifen Oliven fielen, wenn man die Bäume schüttelte. Am harten Betonboden lagerten wir uns und schliefen ohne Arg, bis uns morgens eine grelle Frauenstimme weckte: »Drachme, Drachme« und ein geöffneter Handteller unmissverständlich der alten Landeswährung den Weg zeigte. Das war noch vor meinem Leben bei Helena, die mich gerne zu einer Suppe einlud, in der rosafarbene Fische schwammen, die aussahen wie kleine Drachen.

Als ich dann den Führerschein hatte, mietete ich mir ein Auto und fuhr in die Berge. Dort wandelte ich mit den Gestalten aus meiner früheren Odyssee-Lektüre in einem Dialog. Spätnachmittags saß ich im blau-weißen Kafeneion – schaute aufs Meer, schlürfte Kaffee Greco mit Raki bis die Sonne weg war. Den besten Kaffee Greco braute Helena in ihrer dunklen Kochhöhle. Süß, heiß und dick.

Nach vielen Sommern war der ewig staubige Weg vor Helenas Pension planiert, zementiert und betoniert und es war ein Schutzwall von Steinquadern gegen die Meeresbrandung errichtet worden, ein so genannter Wellenbrecher. Er stellte eine Sichtblockade dar, wenn man sorglos im Kafeneion saß und gern gesehen hätte, was das Meer erzählt. Nur der Steinstrand blieb sich gleich. Doch rückten die Menschen weiter vor. Strandliegen wurden ausgesät und waren bald mit unglücklichen Leibern belegt, Paare stritten bis zum Morgengrauen über ihre mitgebrachte Beziehung, bis sie – verstimmt und verstummt – in den von Schneidermeistern und Gemüsehändlern vermieteten Pensionszimmern verschwanden.

In Heraklion ging der Flieger immer am Morgen. Einem Tipp folgend, kam ich in einem preisgünstigen Hotel in der letzten Etage eines Hochhauses unter. In einer ebenso preiswerten Kneipe saß ich ganz allein vor einem Teller gerösteter Garides, Garnelen in ihrem Schalenkleid, die unheimlich aussahen und im Hals zwackten. Mit einem Schluck Retsina rutschten sie dann hinunter. Muße fand ich in einem düsteren Lokal, wo ich den Rest des Abends mit metaphysischen Artikeln aus einer großen Frankfurter Tageszeitung, einem Krug Raki und meinen Gedanken an einem Nussteller verbrachte. Nachts rauschte der Verkehrslärm ins Hotelzimmer und hüllte mich bald in einen trojanischen Traum.

Im letzten aller kretischen Sommer verhöhnten Discoklänge den Abendstrand, herüber getragen vom Wind übers Meer. Ein letzter Hauch seines trägen, ländlichen Charmes war dahin.

Von diesem Strand aus hätte ich sehen können, wie Helena ganz gegen ihre Gewohnheit schon im Mai sich in die Wellen legte und kurz darauf im kalten Wasser versteifte. Herzinfarkt. Umschmeichelt von den mediterranen Wasserspielen des alten Pontos fand sie ihre letzte Ruhe.

Finsteres Glück

Tock – Tock – Tock. Sie konnte es nicht mehr hören. »Bist endlich fertig?«, drang es durch die Küchentür: »Und hast Dich gekämmt?«

Anne zog an ihrer Zigarette und blies den Rauch zur Türe, die gleich danach aufgerissen wurde. Marie humpelte herein. Ärgerlich wedelte sie den Rauch vor ihrem Gesicht weg und stellte ächzend den Korb, aus dem eine Thermosflasche und eine Flasche Retsina ragten, auf den Tisch.

Anne drückte ihre Zigarette aus, verschluckte sich am Rauch und hustete. Marie warf einen strengen Blick nach ihr, griff sich das Päckchen Zigaretten vom Tisch und steckte es ein. Dann stieß sie die Tür mit ihrer Krücke auf: »Dass Du es aber auch nie kapierst.«

Anne schulterte ihren Hirtenrucksack, packte den Korb und lief schnell an Marie vorbei, hinaus ins Freie. Dort schnappte sie nach Luft.

Der Weg war gesäumt von Bergen und Meer. Kreta, ihre Lieblingsinsel, war ihr zum Alptraum geworden. Neben ihr her humpelte Marie – stumm, Göttin sei Dank. Annes Blick bohrte sich trotzig in das felsige Gestein. Wo waren die Zeiten, in denen sie Marie verehrt hatte und – liebte, ihr strahlendes Lächeln, das sie so erotisierte? Jetzt ertrug sie Marie nicht mehr und sie ertrug sich selbst nicht mehr dabei. Das musste aufhören!

Dann blieb sie plötzlich stehen. Marie stolperte weiter die Sandpiste hinunter. Annes Blick schweifte zum Horizont. Die Bläue des Himmels glitt über in das schwärzliche Grün des Meeres. Dort, in dunkler Tiefe schien ihre Hoffnung begraben. Sonne, Sand und Meer ergötzten sie nicht mehr, sie brauchte Ruhe und sehnte sich nach Abgeschiedenheit.

Sie stellte sich vor, in einem Boot übers Meer zu fahren, unter einem wolkenlosen Himmel in den Wellen zu schaukeln, sich treiben zu lassen – in die endlose Weite – ins Ungefähre, Grenzenlose.

Als sie zur Taverne kam, winkte ihr Marie von der Terrasse her zu, wo sie so oft die Nachmittage verhockt und die Sonne im Meer hatten ertrinken sehen. Kaum saß Anne neben ihr, da spreizte Marie ihre Hand vor Annes Augen: »Schau, was ich mir zu Deinem Geburtstag schenke!«

An ihrem Ringfinger prangte ein bunt bemalter Papageienkopf. Hatte sie richtig gehört? Marie wollte sich selbst zu Annes Geburtstag beschenken? Anne schloss die Augen. Ihr gefiel die protzige Preziose sowieso nicht, das war nicht ihr Stil – sie drehte sich weg und studierte die Beine des Nachbartischs. Etwas in ihr zitterte.

Sie wusste schon gar nicht mehr, warum ihre Seele Marie einst entgegen geflogen war. War das wirklich schon dreißig Jahre her – dass sie sich begegnet waren? Damals war sie wie elektrisiert von Marie – ihrem Charme, ihren funkelnden Augen. Und als sie auf Annes Bett lagen, konnte sie nicht genug bekommen von ihren weichen Lippen. Doch schon bald danach hatten sie sich aus den Augen verloren.

Die Hand baumelte weiter vor ihrem Gesicht. Plötzlich packte sie Maries Hand und hielt sie fest: »Ich ertrage das nicht mehr … Bitte, lass uns die Zeit, die uns noch bleibt, nicht so verderben und – es ist doch mein Geburtstag!« Marie schüttelte Annes Hand ab: »Aber ja doch – die füllen wir mit den Resten unserer Liebe aus! Der Wein ist übrigens für mich – den Tee kannst Du ja saufen, den Bergtee, den griechischen! Dein Lieblingsgesöff!«

Anne fröstelte und schlürfte den süßen Kaffee Greco aus. Marie griff nach dem Picknickkorb und fingerte nach ihrem Stock. Schwer stützte sie sich darauf, warf ein paar Münzen auf den Tisch und schleppte sich die Treppe hinunter. Anne schlang sich ein Tuch um die Schultern und folgte ihr zögernd, verließ aber nach ein paar Schritten den Sandweg und ging auf das Steilufer zu.

Am Rande des Felsplateaus blieb sie plötzlich stehen, in die Tiefe blickend, rief sie: »Göttin, was schwimmt denn da unten? Sind das nicht Sapphos Schwestern? Nackt, wie Venus sie schuf?« Marie humpelte so schnell sie konnte an Annes Seite und beugte sich vor. Das Meer lag da, in seiner lautlosen Schönheit und die Wellen spielten ihr ewiges Spiel. Sie drehte sich zu Anne um und schimpfte: »Schlange, was narrst mich so?«

Anne tat einen Schritt auf Marie zu, die wich zurück, strauchelte, verlor das Gleichgewicht – kippte – instinktiv griff Marie nach Annes Hand, hielt sie fest, Maries Stock trudelte im freien Fall, ihre Finger verkrallten sich in Annes Hand – in einem plötzlichen Anfall schüttelte Anne die gierige Hand ab. Maries Körper schwebte kurz – und – stürzte dem Meer zu. Anne fühlte zwischen ihren Fingern den Papageienring. Ein herzzerreißender Schrei peitschte die Lüfte und verhallte in der einsamen Weite weit aus schwingender Meereswogen.

Anne sank erschöpft auf den Felsboden, sie spürte nicht seine Härte.

Ein Vogel kam von weither geflogen und kreiste hoch

über ihr in der Windstille. Von den Bergen her sirrten die Erynnien, wie angelockt von geheimen Gedanken, in der heißen, schweren Luft.

Stille war es nicht, es war wie das Schweigen der Stille.

Vor zehn Jahren schließlich, hatte Marie sie zu sich eingeladen. Sie erlebten traumhafte Nächte, in denen sie nicht mehr voneinander lassen konnten. Anne war geblieben.

Nach einer Ewigkeit stand Anne auf. Sie fürchtete den Blick in die Tiefe, die Gewissheit des Endgültigen, doch wollte sie sicher gehen. Beklommen tat sie einen Schritt und blickte in den Abgrund. Aufgewühlte Wellen schlugen wütend gegen die Klippen und tropften als nieselnde Rinnsale über die grauen Felsrücken zurück ins Meer.

Mit der Zeit war das Begehren verflogen, die Erotik verpufft – das Feuer der Begierde erloschen, die Anziehung erlahmt, all das duftende Heu, das einmal so sehr gelockt hatte, vertrocknet.

Anne schleppte sich weiter über den Sandweg mit Rucksack und Picknickkorb, aus dem die Retsina-Flasche ragte. Heißa, die Flasche war noch da.

Wie war das alles nur gekommen? Wann hatte das angefangen – mit der ewig schlechten Laune, der Bevormundung, den dauernden Vorwürfen, ihrer Zigarettensucht?

An der Strandbucht lagen verstreut ein paar Leute. Eine Frau lächelte ihr zu. Anne ließ sich aufatmend in den Sand fallen. Als sie ihren Proviant ausgepackt und die Decke ausgebreitet hatte, machte sie es sich bequem. Hinter ihrer Sonnenbrille betrachtete sie den schönen Körper einer älteren Frau, die sich von der Sonne lieben ließ. Noch war der Kelch nicht leer, der letzte Tropfen nicht getrunken. Sollte sie den Rückflug um eine Woche verschieben?

Jetzt lächelte sie der schönen Frau zu, zog die Flasche aus dem Korb und stellte ein Glas daneben.

An alles hatte Marie gedacht, die Flasche war schon entkorkt und auch Gläser waren da. Was hatte sie feiern wollen?

Sie konnte jetzt die schöne Frau zu einem Glas einladen. Verdammt, die Zigaretten! Marie war ein Aas – gewesen. Am Anfang hatte sie noch leidenschaftlich ihren Leib hin und her geworfen, hatte gestöhnt in lustvollen Umarmungen – dann, ganz plötzlich, war sie blockiert, war ihr die Lust auf den penetrationslosen Sex vergangen und sie begann, sich zu verweigern. Anne litt unter dieser demonstrativen Ablehnung – konnte aber nichts dagegen machen, bis auch bei ihr allmählich der Wunsch nach zärtlicher Berührung verflogen war. Sie hatte es nicht verstehen können, aber sie konnte auch nicht darüber reden, traute sich nicht Marie zu fragen, nahm es hin. Seitdem war zwischen ihnen Luststille.

Marie wollte den Retsina für sich allein? Jetzt hatte sie ihn. Und sie würde ihn ganz allein trinken. Also her damit

45

und ins Glas gegossen, das wertvolle Nass! Von ihr aus hätte Marie gern noch eine Weile leben können, aber jetzt war alles zu Ende und sie selbst lebte weiter und wollte es auch. Sie würde die schöne Frau zu einem Glas einladen, mit ihr essen gehen, und dann …

Plötzlich stieg aus ihren tiefsten Gründen ein Freudenjauchzer herauf. Das ganze Geld! Sie würde es alleine verjubeln. Ihr Herz hüpfte.

Welche Aussichten!

Sie zog den Korken aus der Flasche und goss sich den goldgelben Saft ins Glas. Die böse Zeit war vorbei, Göttin sei Dank für immer. Vergnügt nahm sie ein paar Trauben aus dem Korb und verschlang sie. Marie war gefallen – in die Ewigkeit. An ihr selbst war es jetzt, das Leben neu aufzufüllen. Ja, sie war leergedacht, leergefühlt. Aber jetzt und hier lockte das Leben. Warum war die Flasche schon entkorkt? Was hatte das zu bedeuten? Was war da drin? Anne drehte das Glas in ihrer Hand. Ach was, so was würde Marie nie einfallen – oder doch? Kannte sie Marie denn wirklich? – Nein, so etwas würde sie nie tun. Nein? Nein, zu so etwas war sie nicht fähig – sie war gemein, das ja – doch – das Wort wollte sie nicht mal denken, wenn man so etwas dachte, wurde es Wirklichkeit. Also hinweg mit den frevlerischen Gedanken und hinunter damit.

Sie hob das Glas an ihre Lippen und versenkte sich in den Anblick der schönen Frau.

Gierig leerte sie das Glas, doch der ungewohnt bittere Geschmack trieb ihr Tränen in die Augen. Was für ein widerliches Gesöff hatte Marie da bloß gekauft? Sie sah Marie vor sich, ihre blauen Augen blitzten sie herausfordernd an. »Marie …« keuchte sie »was – hast Du …«

Ein messerscharfer Schmerz durchschnitt ihren Leib. Ihre Glieder zuckten in spastischem Reigen. Anne riss sich die Sonnenbrille vom Gesicht, röchelte und krächzte ihre Seele hinüber zu der schönen Frau – die aufsprang, zu ihr hinlief und sie in ihren Armen auffing. Annes Augen blickten sie starr und leer an. Der bunte Papageienring rollte in den glitzernden Sand.

Sinnloser Taumel auf Kreta

Sei mutig wie die Liebe – aus diesem Sinnspruch wollte sie eine unvergleichliche Liebesgeschichte zaubern. Stattdessen biss sich Maria Pia tagsüber die Finger blutig am Laptop und saß nachts wie festgefroren vor dem Fernseher in ihrer Zweizimmerwohnung am Helmholtzplatz mit Pflastern an den Fingern. Es war kalt und kein Frühling ließ ein blaues Band flattern. Sie erinnerte sich der Wärme einer griechischen Insel, beschloss, dem grauen Berlin zu entfliehen und flog nach Kreta.

Im Hotel, umbrandet von den Wellen des Meeres und Verkehrs, widmete sie sich morgens und abends ausgiebig dem Gaumenschmaus vom Buffet. Tagsüber lag sie im Sand und betrachtete das ruhelose Meer. Im Sand krabbelten kleine Wesen und lenkten sie ab von den immergleichen Wellen mit den auf- und abwogenden Schiffchen. Gesättigt von allem empfand sie mehr und mehr den Leerlauf in ihrem inneren Getriebe. Auf der Insel, wo Zeus geboren worden war, sah sie nichts als diese Wellen und das Gebirge von mediterranen Köstlichkeiten, aufgebaut im Speisesaal des Hotelpalastes.

Eines Morgens beim Schwimmen im Pool, stieß sie gegen einen Mann. Er entschuldigte sich freundlich, obgleich sie es war, die nicht aufgepasst hatte. Abends in der Hotelbar, als sie sich zur Happy-Hour einfand, saß dort der Mann vom Pool. Er winkte ihr zu und deutete einladend auf einen leeren Sessel an seinem Cocktailtisch. Sie bestellte sich einen Whisky Sour. Er hatte das noch nie getrunken und bestellte dasselbe. Seine Begleiterin, die urplötzlich hinter einer Säule hervortrat, entschied sich für einen Kelch Champagner und musterte sie mit stechendem Blick hinter großen Brillengläsern. Es wurde dennoch eine sehr vergnügliche Stunde für Hertha, Roderich und Maria Pia.

Um dem ewig dröhnenden Verkehrs- und Baulärm zu entkommen, unternahmen sie tags darauf eine Tour zu Dritt ins Innere der Insel. An den historischen Orten, die sie im Laufe des Tages durchstreiften, war Roderich von ausgesuchter Höflichkeit, die ihm auch nicht abhanden kam, wenn Hertha während seines Chauffierens die Klimaanlage aus Langeweile zuerst an und gleich wieder ausdrehte. Auch nicht, wenn sie plötzlich aufschrie, ja kreischte in Todesangst und ihn anherrschte, er solle gefälligst in der Mitte der Spur fahren. Auch die Politdiskussionen mit Maria Pia während des Fahrens ließ er sich von Hertha widerspruchslos verbieten. Gleichmütig steuerte er das Auto durch den Tag und machte zwischendurch einen Scherz, der den Frauen die Lachmuskeln lockerte. Sein Gemüt schien von einem rheinischen Karnevalskostüm bemäntelt.

Als sie über die Palast-Anlage von Knossos liefen, lauschte Roderich andächtig Maria Pia, die so gar nicht einverstanden war mit der falschen, anmaßenden Restaurierung des alten englischen Kerls und die deshalb wütende Tiraden in den Himmel und gegen die Mauern von Knossos schleuderte. Die Säulen waren rot, schwarz und gelb übermalt und die Fresken in ein ewiges Himmelsblau getaucht. Eine Verirrung ohnegleichen befand auch Roderich und zwinkerte Maria Pia einvernehmlich zu. Hertha widersprach: »Aber so sah es doch aus!« Ein Blitz aus ihren Augen verbot flugs jeden Protest. Roderich erkundete ausgreifend fliehenden Schrittes das weitere Gelände, während Maria Pia versuchte, den Schulklassen auszuweichen. Hertha schnäuzte sich vor dem Lilienprinzen die Nase. Der Wind fegte die Fotografierenden vor sich her. Maria Pia eilte weiter.

Am Verkaufskiosk griff sie nach einem Poster, das einen minoischen Stier zeigte. Hertha warf einen interessierten Blick darauf. »Aha, ein Stierkampf«, trompetete sie. Maria Pia besah sich die Abbildung noch einmal und widersprach: »No, no kein Kampf – ein Tanz – der Tanz mit dem Kosmos.« Hertha langte nach einer Postkarte mit dem gleichen Motiv. Auf der Rückseite fand sie die Bestätigung: »Hier steht: Sport. Also doch ein Stierkampf!« Maria Pia verneinte, Hertha beharrte.

Maria Pia stellte sich in Positur: »Ich sag Ihnen mal was: der Stier ist das mythische Tier, das ursprünglich verehrt wurde als ein Wesen mit mystischen Kräften in seiner Verbindung zur Mondsichel!« Hertha brüllte vor Lachen und ereiferte sich: »Ja, ja, Zeus verwandelte sich in einen Stier, weil er Europa begehrte und sie so auf seinem Rücken entführen konnte! Sie Märchentante!«

Jetzt drehte Maria Pia eine Pirouette und ließ Hertha einfach stehen. Draußen in der Sonne wartete Roderich auf einer Bank. Das Buch über die minoische Kultur, das sich Maria Pia zur Erinnerung gekauft hatte, wollte auch er haben. Hertha kaufte es ihm. Als sie mit dem Buch zurückkam, beäugte sie misstrauisch die einträchtig nebeneinander Wartenden und klemmte sich zwischen sie.

An diesem Abend befiel Maria Pia eine große Müdigkeit. Es blieben nur noch wenige Tage des Verweilens auf der Insel. Sie betrachtete eingehend den minoischen Stiertanz. Eine schlanke Frauengestalt überflog in einem Salto den lang gestreckten Stierkörper, aufgefangen von je zwei Frauenarmen, die sich vor dem Gesäß des massigen Tieres ausstreckten. Die nächste Tänzerin hatte schon seine Hörner gepackt und setzte zum Sprung an. Maria Pia fielen die Augen zu.

Am Morgen des folgenden Tages trafen sich alle drei im Foyer. In den Fauteuils räkelten sich zwei Jungmänner. Hertha sprach sie an und sie waren gewillt gegen einen Obolus mitzukommen. Zu fünft also fuhren sie zur Diktäischen Höhle, der Geburtshöhle des Zeus. Sie stiegen in eine warme Tiefe. Maria Pia stockte der Atem vor dieser inneren Weltschönheit. Ihr ging plötzlich auf, woher sie die bizarren Formen kannte. Chartres, Gaudis Sagrada Familia und der Kölner Dom waren hier vorgeprägt. Die Höhle selbst war eine Kathedrale. Und obwohl Maria Pia sonst um Kirchen einen Bogen machte, weil sie als Kind dort immer nur gefroren hatte, fühlte sie sich hier unten ausgesprochen wohl. Roderich gefiel es dort unten auch. Nur Hertha fror, sie wollte schnell wieder weg. Die beiden Jünglinge saßen oben in der Taverne, krähten: »Ha – von wegen kultische Höhle! Eine Eisbude ist das!«, und schmatzten weiter gebackene Garnelen, die sie mit holländischem Dosenbier hinunter spülten. Mit vollen Bäuchen trollten sie sich dann ins Auto. Es war verflucht eng im Wagen, in dem sich ein Gestank von Fett und Alkohol ausbreitete.

Am frühen Nachmittag schlenderten sie durch das Nationalmuseum in Heraklion. Roderich tauchte plötzlich neben Maria Pia auf: »Beeindruckend! Nicht wahr? Diese Formen … es erinnert mich doch sehr stark …«, er wies auf eine Schlangenpriesterin und blickte sie dabei durchdringend an. Hertha schnäuzte sich vor einer Vitrine die Nase. Maria Pia eilte weiter. Die beiden jungen Männer rülpsten und blökten: »Was hat die denn an?«, und zeigten mit fettigen Fingern auf die Figur im Kleid mit entblößter Brust.

Die Katakomben der spätminoischen Gräberfelder, die sie am Vormittag durchstreift hatten, scheute Roderich. Er verzog sich mit Hertha in ein Zedernwäldchen. Die Jünglinge schnarchten unter einer Pinie. Maria Pia saß lange in einem geräumigen Schacht-Grab auf einer steinernen Bank. Durch den hohen Eingang nahm sie das tönende Bild von den sacht schaukelnden Schatten der Baumzweige und den darauf wippenden Vögeln und ihrem Gezwitscher in sich auf. Hierher gehörte sie – später, und für immer.

Orangen lagen am Straßenrand, Maria Pia sammelte die Früchte auf und verteilte sie gerecht. Roderich übergab seinen Anteil Hertha, wegen der Vitamine. Die Burschen hatten sich gerade übergeben und warfen das Obst durchs Autofenster zurück in den Straßengraben.

Nach dem Essen im Hotel tanzten alle im Sirtaki-Reigen, in den sie hineingezogen wurden von ausgestreckten Armen und fiedelnden Klängen, während Maria Pia zusah und den roten Wein trank.

Am nächsten Abend kam sie eine geschlagene Stunde später als üblich in den Speisesaal. Roderich und Hertha arbeiteten sich gerade durchs Buffet. Maria Pia schöpfte sich den Teller voll Suppe. Es war ein heißer Tag gewesen, den sie am Meer verbracht hatte, verfangen in Homers antike Götterwelt, gleichsam in einer Denkarena. Die Hitze war in ihr geblieben und schleichend als eine Warnung in ihr Hirn gekrochen. Es war jetzt an der Zeit, den Roman zu beginnen. Nichts Gescheites war ihr eingefallen, weshalb sie sich über das Liebesleben eines ihr bekannten, mit allen Wassern gewaschenen Bamberger Ehepaars hergemacht hatte. Mit teuflischer Lust skizzierte sie deren Seitensprünge -und hiebe in ihrem Notizbuch. Nach dem Diner blickte sie in den Spiegel über dem Dessert-Buffet. Ihr Gesicht glich einer roten Sonnenscheibe, die über Früchten, Sahnetorten und Eiscreme hing. Roderich und Hertha zeigten etwas verschämt ihre krebsroten Köpfe und nickten ihr knapp zu. Alle drei verharrten in ihrer Erschöpfung und verzichteten für diesmal auf die Happy Hour.

Im Bett durchblätterte Maria Pia gedankenlos ihr ledernes Notizbuch. Vom Swimmingpool her ertönten Lustschreie vermischt mit rhythmisch klatschenden Wassern. Sie verstöpselte ihre Ohren und versank in eine tiefe Meeresstille, glitt in eine griechische Traumwelt. Die Tür flog auf, herein stürmte Zeus, mit seinem achteckigen Schild und dem schwungvollen Hüftmantel. »Himmel – aus welcher Nekropole hat es Dich hierher getrieben?«, fragte Maria Pia erstaunt. Der antike Gott baute sich vor ihr auf und wollte wissen, wann endlich ihr Roman fertig sei. Sie schreibe doch eine ganz passable Prosa, mit Herz und Verstand: »Du hast die helle, breite Stirn, die dazu gehört!«, doch könne er ihren Stil in den Sex-Szenen stark verbessern, so, dass das Werk ins Fernsehen und ganz vorn auf die Ladentische käme. »Von scharfem Sex halte ich nichts«, blaffte die erschrockene Dichterin zurück.

Aber das Bamberger Ehepaar verlangt geradezu danach und das Publikum auch, versetzte er und gab nicht nach. Er habe eine Idee. Im Hotel sei der Starkritiker Meier-Kranich abgestiegen. Keines der Bücher aus den letzten Jahren habe vor seinen Augen Gnade gefunden. Wenn er hiervon einige Seiten zu lesen bekäme, rege sich bei ihm wieder etwas und er werde ihr einen großen Verleger vermitteln: »Sei mutig, schreibe explosiv, die Sexszenen schreibe ich, so wahr ich Zeus heiße!!« Er näherte sich ihrem Schreibtisch. »Ist das wirklich nötig?« fragte Maria Pia unsicher. »Sex sells«, versicherte der Olympier und griff sich ihr Notizbuch. Sie streckte die Hände danach aus: »Zeus – Du vermasselst mir mein Werk, gibs wieder her!« Er wedelte mit dem Büchelchen in ihre Richtung. »Nein – es fehlt der Sex! Aber – Du bekommst ihn!« Mit einer imperativen

Geste verschwand der große Geist in den schneereichen Bergen.

Morgens, nach dem Ankleiden, suchte Maria Pia ihr Notizbuch. Es war verschwunden. Im Speisesaal saßen schon Hertha und Roderich. Er schwenkte aufgeregt das kleine Buch: »Ich wusste gar nicht, was für eine exzellente Dichterin Sie sind!« Hertha nickte anerkennend, lachte höhnisch und lief zum Buffet. Also er war Meier-Kranich!? Meier-Kranich krähte: »Sensationell – Ihre Schreibe! Es spannen sich die Hirnmuskeln bei solch prachtvollen Phänomenen der Spitzenklasse! Die verheimlichten und verdrängten, doch legitimen Bedürfnisse nach vollkommen natürlichen Geschlechtsszenen werden offenbar. John Updike würde Ihnen den rechten, Henry Miller den linken Fuß küssen, wenn sie denn noch lebten!« Hertha kam mit einem rosa Pudding zurück und bemerkte gehässig: »Na ja, sie wird ihre Erfahrungen gemacht haben – was? Miss Europa?« Maria Pia lachte schallend, riss das Notizbuch an sich und schlug damit nach Hertha. Meier-Kranich blinzelte und widmete sich seinem Teller, auf dem Eier mit Speck, Würstchen und Bohnen lagen. Hertha, vom Notizbuch schwer getroffen, schwankte in seine Richtung, der Pudding landete in Meier-Kranichs Schoß und sie selbst ging daneben zu Boden.

Maria Pia streckte ihre Hand nach Hertha aus und zog

sie hoch. »Es ist reine Phantasie. Nichts als Phantasie – Sie Schlangenei!«, zischte sie in Herthas Ohr. Dann drehte sie sich zu Roderich – grüßte lässig mit der Hand und entschwand – auf dem Rücken eines Stiers, der zu aller Erstaunen donnernd in den Speisesaal galoppiert war. Zeus, im Körper des Stiers, brüllte: »Hast aber ganz schön zugenommen …« und nahm sie mit in die schneereichen Berge.

KANARISCHE TÖNE

Die Woge

Ich war aufgewühlt, brauchte Ruhe, suchte Einsamkeit. Ich wollte denken und schreiben. Ich hätte mir einen Planeten erfinden mögen, stattdessen fiel meine Wahl auf eine kanarische Wander-Insel. Ich fand dort das Casa del Agua, am Ende einer Bucht, umgeben vom Meer, und dem Salz seiner Bewegungen in der Luft, ein Cape Fear, Lands End. Hier war ich ausgeliefert an Wind, Wellen und das Kreischen der Vögel. Eine ideale Kombination.

Die Einkäufe und Wasserkanister musste ich über schroffes Felsgestein schleppen, immer in der Angst, mit meiner Last zu straucheln. Dafür belohnte mich der gleichsam übers Meer ragende Balkon, auf dem ich mit einem Aperitif den Wellen zuprostete. Alles war jetzt gut und ich hätte mich fast selbst vergessen, wenn …

Genau genommen war die Unterkunft zwei baugleiche, aneinander klebende kleine Cassettas, mit je zwei Schlafzimmern, Dusche und einer Küche, in der sich eine Handvoll Kakerlaken eingerichtet hatte. Ab sofort lebten sie dort nur noch nachts. Eines Abends ließen sich zwei weibliche Stimmen vernehmen. Nebenan ins Casa del Mar waren zwei miteinander befreundete Frauen eingezogen, die sich gleich in der ersten Nacht fast an die Gurgel gingen. Jedes Wortgefecht endete in Wutgeschrei, Verwünschungen, Beschimpfungen, an- und abschwellend. Der Inselwein trieb ihre Stimmen ins Tremolo, mich fast in den Wahnsinn, vergeblich suchte ich meine Ohropax. Ich konnte nur noch ans Schreiben denken.

Ein Auto musste her. Meine Vermieterin konnte mir eines vermitteln – es war fast neu und sollte gelegentlich verkauft werden. Ich bezahlte einen Mietbetrag, war aber nicht versichert – bis zum Verkauf. Die Autoschilder stammten von einem ausrangierten Auto. Ich musste also aufpassen, sowohl was die Guardia Civil als auch den auf der Insel herrschenden Vandalismus betraf. Ich freute mich aufs Fahren, auf die Inselerkundungen abseits der großen Piste und machte mir keine großen Sorgen.

Dann quartierte meine Vermieterin eine verlorene Seele bei mir ein. Ich plante jetzt, am Strand zu schlafen, aber Alena war ein Glücksfall. Sie erwies sich als eine kluge Gesprächspartnerin, ja, sie konnte mir sogar den zerrütteten Seelenzustand unserer Nachbarinnen verständlich machen.

Sie war eine herbe Schönheit, mit der ich in der Stadt auffiel. Alena konnte fast keinem Mann widerstehen, hatte Sex mit Kellnern und anderen pikanten Erderscheinungen. Ich überließ ihr das hintere Zimmer, ohne Aussicht, höchstens jene auf die tristen, grauen Mauern der Bananenplantagen. Den Blick aufs Meer wollte ich. Nachts sah ich Alena nicht, aber tagsüber machten wir uns das Leben schön.

Unvergesslich bleibt mir unsere Vulkanbesteigung. Als wir schon halb oben waren, blieb sie plötzlich stehen und wollte nicht mehr weiter. Ich begriff erst, als mein Blick auf ihre Stöckelschuhe fiel, die schon im Sand versanken. Wir trafen uns später wieder im Fischrestaurant am Meer, bei einer opulenten Fischplatte mit Papas arrugadas, den schrumpligen kleinen Kartoffeln in Salzkruste und tranken glitzernden Wein von den Hängen eines grünen Vulkans, dessen Geist schlummerte.

Es war Januar, der Monat, in dem das Wasser sich am höchsten türmt, und nachts wütete ein Orkan, der gewaltig übers Meer heranstürmte. Nacht für Nacht hockte ich wie angewachsen im Schein einer Kerze vor dem Fenster und starrte auf das Mietauto, das am Felsen parkte. Ich traute mich nicht mehr ins Bett, aus Angst, die Karosse könnte von einer Woge jäh ins Meer hinaus gerissen werden und mir bliebe nur noch der Schaden. Ein sicherer Abstellplatz war eine halbe Stunde weit entfernt und deshalb keine Alternative. Der Aufruhr im Atlantik schien kein Ende zu nehmen. Unermüdlich schaufelte der Sturm die Wassermassen zur Cassetta. Ich verfluchte das Meer, meine Wahl, die Insel, die ganze Menschheit, die dahinter steckte. In einer solchen Nacht klopfte Alena an meine Tür – ihr war langweilig. Nach einer letzten Coppa bat ich sie zu gehen und klebte meine Augen wieder an die Scheibe. Das Auto hielt dem Sturm noch immer stand. Spät wankte ich ins Bett, in der Vorstellung, am nächsten Morgen viele kleine und vielleicht auch ein paar große Tintenfische begrüßen zu dürfen. Ich griff nach den ungeliebten Ohropax, die mir Alena besorgt hatte, steckte sie mir tief in die Ohren, wo das letzte laute Getöse verwummerte. Und tatsächlich, ich sank in Schlaf.

Als ich erwachte, war es hell und merkwürdig still. Ich zog die Ohrstöpsel heraus – es blieb still. Was war geschehen? Ich glitt aus dem Bett und – stand knöcheltief im Meerwasser. Verstört watete ich in das zweite Schlafzimmer. Da lag Alena mit zerschmetterter Sonnenbrille, Blut überall. Das Fenster war ein riesiges Loch, Alenas Körper begraben unter Gemäuer und Glasscherben. Ich nahm ein paar Gesteinsbrocken von ihrem Gesicht, suchte ihre Züge. Alena – ihr Gesicht war verschmiert, Blut und Schminke, der Tod hatte gemalt. Ich spürte Lust, mich ne-

63

ben sie zu legen – sie war im Schlaf überrascht worden …
in einem Schlaf, dem sie in ihrem reizvollsten Negligé hinein gefolgt war, das jetzt in Fetzen an ihr hing. Warum nur
hatte ich mir nicht ihre Lebensgeschichte angehört, mit
der sie mich hatte wach halten wollen? Ich versuchte ihr
Gesicht zu berühren, es war glitschig und zog Schlieren.
Die Augen – sie lagen wie in Pfützen gebettet, ihre Far-
be, was für eine Augenfarbe hatte sie gehabt? – war verb-
lichen. An wen hatte sie gedacht, was geglaubt in ihrem
letzten Augenblick? Ihre Gesichtszüge waren erstarrt, ihr
ursprünglicher Reiz hatte ausgedient. Welch eine Kraft,
mit welcher Wucht war das Meer über das Gestade gejagt,
hatte der Tod Beute gemacht. Vielleicht war es nur eine
einzige riesige Woge – die geschafft hatte, was den Wellen
nicht gelungen war. Während sie von der Todesgestalt des
Meeres überrascht worden war – träumte ich – ja, wovon?
Von einem Häuschen mit einem verwunschenen Garten,
einem Tisch mit einer Bank davor, einem schattigen Plätz-
chen unter einem Pflaumenbaum, einer zutraulichen rot-
braunen Katze – das alles gab es – doch nicht hier, auf der
Insel des Grauens.

Die Cassetta der Freundinnen war unbeschädigt und
die beiden Krähen ausgeflogen, als hätten sie das Kom-
mende erahnt.

Ich bedeckte Alena mit ihrem schönsten Kleid und

setzte mich zum Abschied auf den Balkon, der mir geblieben war. Als der Strand sich füllte, packte ich meine Sachen und floh mit dem Auto zu meiner Vermieterin in die Berge. Zwischen Palmen und Kakteen bei einem fürstlichen Frühstück, versuchte ich das Ungeheuerliche in Worte zu fassen, zeichnete mein Bild von der Katastrophe, hier oben, weit entfernt vom Meer und seinen verborgenen Gewalten. Dann setzte ich mich unter eine Palme, zwischen die Kakteen, an den Teich mit den Fischen – zum Schreiben.

Der Mandelbaum

Auf der Dachterrasse weht der Wind, er zieht die Wolken über den Himmel, die Sonne zerreisst die Wolken. Das Blau verteilt sich am Firmament. Es ist unerträglich heiß und still. Lange schon sitze ich hier oben allein über den Dingen des Lebens. Meine Gedanken umkreisen die weiße Villa mit dem Blick aufs Meer.

Ausgetrocknet steige ich herab. An der Steintreppe neben dem Swimmingpool streiken meine Füße. Da hinten versteckt sich die Minigolfanlage. Zwischen tropfnassen Kakteen wuchert ein üppiger Garten, bizarre Bodengeschöpfe bersten und zacken, schlingen und schlängeln sich aus den aufgeplatzten Betonbahnen – ekstatisch wild, schön und grausam, wie halbgeträumt ... Langsam gleite ich in den Pool und schwimme im eiskalten Chlorwasser, bedeckt von vielen kleinen Wespenkörpern.

Unter den Silhouetten der Pinien, an verdüsterter Stelle,

vor dem Mandelbaum, sitzt ein Rosmarinbusch, vertrocknet und erstarrt. Dürre Äste ragen verzweifelt aus sonnenverbranntem Gras hervor und ein Abfallhaufen kriecht zu ihm hin. Eine graue Mauer bahnt sich dazwischen ihren Weg. Rote Magnolienblüten hängen kraftlos von den Spitzen der Zweige herab, zu Melancholien einladend.

Einst lebten hier eine Frau und ein Mann ihr freudenreiches Dasein in der weißen Villa mit dem Meeres-Panorama. Alleingelassen durch seinen plötzlichen Tod, war sie eine einsame Betrachterin der blutroten Schauspiele am Abendhimmel. Verloren flatterte ihre Seele – suchte ihre Ruhestätte – wie bewegt von einer mächtigen Sehnsucht. Bei meiner Rückkehr aus der Stadt fand ich sie, nachdem ich sie suchen musste. Türen und Fenster des Hauses, die sonst meist verschlossen, standen sperrangelweit offen.

Die Wolken ruhen auf den Bergen und die Sonne verschwimmt im Abendglanz. Es wird kühl. Mein Blick schweift über Hügel, überwuchert von Kakteen, fällt hinunter auf ein leichenblasses Meer.

Am Abend, der leichte Nebelschwaden über die Insel herabsenkt, balanciere ich auf der grauen Mauer, hinter mir die weiße Villa und vor mir das weite Meer, über mir graue Wolkenlaken und unter mir leicht fächernde Palmen zwischen Kakteen. In den Ohren Sinatras Stimme: »I did it my way« … tanze ich – weihe die Stätte …

Später, am Herd, sehe ich neugierig zu, wie sich die weißen Leiber der Tintenfische rosa färben, als wollten sie wieder lebendig werden. Zu Marilyn Monroes »River of no return« trinke ich genüsslich ein Guinness aus der Dose und starre in die tausendfältige Nacht.

Rundherum ist alles in tiefes, dunkles Schweigen gehüllt und der Weg zur Schenke mondbeschienen. Los Niños, die beiden kanarischen Kläffer, die allnächtlich das Haus bewachen, umspringen und begleiten mich bis zur Hauptstrasse.

Auf der Gartenterrasse des Lokals nippen honorige Einheimische ihre Cocktails unterm glitzernden Sternenhimmel. Eine Kapelle spielt klagende Weisen, der Gitarrist gleicht dem Sänger aus »Tod in Venedig«, mit schwarzen Augen und leuchtend roten Lippen unter seinem Strohhut mit bunten Bändern und dem weiß bleckenden Gebiss.

Am Nebentisch tuscheln zwei Frauenköpfe und drehen sich dann neugierig nach mir um. Mutter und Tochter, unverkennbar. Geistesabwesend nicke ich ihnen zu. Die Honigrippchen auf ihren Tellern, eine Spezialität des Hauses, sehen grau aus. Die Küche scheint nachgelassen zu haben. Etwa so wie die Spannung im Liebesreigen der deutschen Wirtin mit ihren drei italienischen Köchen? Seit ein paar Tagen steht sie nur noch mit einem von ihnen im Restaurant.

Nach ein paar Gläsern Sol y Sombre, ein Getränk, das Sonne und Schatten verspricht, erhebe ich mich – schwer im Kopf – mit kalten Füßen. Die Trösteinsamkeit der Nacht begleitet mich auf meinem Pfad und ich sehe mich gehen, sehe, wie ich hinter mir bleibe, dort, in der Befangenheit des Seins. Ein Bedauern huscht mir durchs Gemüt, als verrausche des Lebens Melodie.

Vor der weiß leuchtenden Villa empfängt mich lautes Gebell. Los Niños stürzen sich freudig auf mich. Sie waren mir zugelaufen, nach dem Unglück. Wie zum Trost. Es ist Mitternacht und was folgt, ist ohnegleichen. Als ich im Bett liege, rollen schwere Schottersteine über mich hinweg. Ums Haus geht ein langes, schweres Atmen, ein Schnaufen und Seufzen, das aus großer Anstrengung zu kommen scheint.

Ich liege da und ahne: das ist sie – Clara. Sie rüttelt an den Türen, versucht ins Haus zu kommen – in das Haus, das ihren Namen trägt:

CASA CLARA

Hängt sie noch immer an ihrem Besitz: dem Haus, dem Garten, dem Pool?

Die Hunde bellen im Wechsel mit dem Gebrüll des Himmels, mich fröstelt. Durch die Wand hindurch höre ich ein leichtes Pochen. Oder ist es mein Herz, das klopft?

Verängstigt warte ich in meinen Gedanken, bis die ersten Ziegel auf den Boden krachen. Die Wand zeige Risse, durch die der Wind hindurch heult und von oben stürzt der Mörtel auf mich herab. Ich stolpere hinaus, unerwünscht wie ich hier bin, bleibt mir nur noch der Garten. Dort steht er noch und wartet, der blütenlose Mandelbaum, an dem sie leblos hing. Clara. Die Hunde verfolgen mich, als wollten sie mich daran hindern – aber ich kann sehr schnell sein. Ist es nicht mein Schicksal, am selben Baum zu hängen?

Die Nacht ist noch finsterer geworden, und ich finde den Baum nicht. Die Hunde zerren an meinem Nachthemd, ich stolpere, falle zu Boden. Eine Kaktee schlitzt meinen Arm auf. Ich spüre das warme Blut, es läuft mir in die Hände. Die Hunde müssen es gerochen haben, sie brüllen und stürzen sich auf mich. Abwehrend strecke ich die Hände aus und bekomme ein Seil zu fassen, reisse mich daran hoch und stürze ins Haus zurück.

Ich muss die Hunde weggeben und den Baum fällen, morgen schon.

La Palma Sinistro

Verstreut liegen Menschen in einer Landschaft von schwarzem Sand – am blauen Atlantik. Es ist ein buntes Strandleben – trotz der spärlichen Palmen mit ihren vertrockneten Wedeln. Oben auf der Promenade hängen feiste Menschen über Pizzatellern und Bierkrügen – mit tristem Blick aufs Meer. Ob sie wohl an den jungen Mann denken, der – ein paar Monate zuvor – von der Zunge einer schnellen Woge ins Meer geleckt, nicht mehr zurückkehrte, an Land. Stunde um Stunde kämpfte er in den Wellen um sein Leben, bevor er versank. Die Menschen – sie schauen mit unergründlichem Blick aufs Meer …

Die Nebel ziehen über die Berge, fallen über die Felskuppen wie graue Daunenjacken und das Meer verschwimmt im schwindenden Licht. Abendkühle zieht herauf. Es ist die Zeit der Himmelsgemälde, jener mitunter apokalyptischen Sonnenuntergänge am endlosen Horizont …

Angesichts dieses natürlichen Spektakels beschließen wir, alsbald in die Berge zu fahren, die Natur zu besichtigen.

An einem neuen Tag schraubt sich unser Auto die Serpentinen hoch, zum Roque de los Muchachos, immer tiefer in die Kiefernwälder hinein, vorbei an den Barrancos, den schroffen Falten der Berge, in denen zu schnell gefahrene Autos wie faule Trauben hängen. Der Himmel ballt sich zu einem grauen Tuch und es beginnt zu regnen. Schwermütige Gitarren-Klänge dringen aus dem Autoradio, überziehen meinen Körper mit einer Gänsehaut …

Auf der Cumbrecita, dem Eingang in die Caldera Taburiente kroch einst ein Kind auf das schmale Mäuerchen, das zum Schutz vor der abschüssigen Felswand dort umher krabbelte. Während die Eltern Landschaftsbilder schossen, stürzte es hinunter in die Schlucht, in die berühmt-berüchtigte Caldera, wo schon so viele Hineingewanderte sich verloren, manche mit einer letzten Flasche Wein im Gepäck. Mitten auf dem Asphalt der Straße liegt friedlich schlummernd eine Katze. Der Wagen kann nicht mehr ausweichen … hoffentlich ist sie schon tot …

Hinter einer Kurve wartet am Straßenrand ein bleiches Gerippe, wahrscheinlich von einem Tier, einer Ziege vielleicht. Der Wagen zieht vorbei an zwei Gestalten, die in lange Regenmäntel gehüllt, stumm und stetig aufwärts schreiten, als sei Wandern ihr Gelübde, da draußen im nasskalten Nebel…

Auf dem Gebirgskamm angekommen, wenden wir, vertreten uns mit ein paar Schritten unter düsteren Pinien die Beine. Auf dem Rückweg sind die Wanderer und das Gerippe verschwunden. Trotz der Scheinwerfer, die, irrenden Augen gleich, die dunstigen Ränder des blau schimmernden Asphaltbandes absuchen, bleiben die grauen Gestalten und das gruselige Totenmal unsichtbar. Das Gefährt scheucht die Nebelschwaden vor sich her. Nur die Katze liegt noch da, sehe ich, ein Fell, entleert von Leib und Leben …

Der von langer Hand geplante Ausflug endet am frühen Nachmittag am Pool, unter Palmen, wo es warm ist und viele kleine Eidechsen ihre grün schillernden Leiber reglos sonnen und wie aus versunkenen Welten zu mir herüber starren. Ich muss sie haben und knipse sie in Serie, weil sie gleich wieder weghuschen.

Am Nachmittag des folgenden Tages, der wieder im Nebel versinkt, stakst eine Frau in High Heels vor uns her, an den Rändern des Volcano San Antonio entlang. Würde sie in den Trichter des Kraters stürzen, könnten nur wir noch sagen, wo sie geblieben ist …

Du willst den Krater mit seinen heraufkriechenden Gewächsen fotografieren, aber der Film ist voll mit Eidechsen. Wir streiten und ich würde dich gerne in den

73

Krater stoßen, aber Du stehst zu weit entfernt von mir.

Am Spätnachmittag schlendere ich durch den Garten, vorbei an Kakteen und Palmen, Orangen- und Zitronenbäumen. Aufgeregt krächzende Raben ziehen mich zu einer von tiefdunklem Efeu überwachsenen Steinmauer. Sie umkreisen und umflattern den beschatteten Winkel. Als ich näher trete, sehe ich den leblosen Körper eines Raben mit zerfleddertem Gefieder im Gras liegen. Der tote Rabe mit seinem aufgerissenen Schnabel und den blicklosen Augen unterscheidet sich leicht durch seine Größe von den anderen. Er war vermutlich der Älteste und Weiseste unter ihnen, dessen Verlust sie jetzt lärmend beklagen. Das Krächzen verstummt, die Raben sammeln sich im Mispelbaum und verharren dort, nehmen zuletzt stumm Abschied von einer geschätzten Persönlichkeit.

Abends sitzen wir auf der Terrasse, voll des süffigen Weins, eingehüllt in Tabakwolken, umstellt von hohen Vasen, gefüllt mit weiß schimmernden Asphodelos, den Todesbegleitern der Antike. Feurige Musik in den Lüften, die uns die Takte in den Körper schlägt: The Doors – this ist the end my friend – tanzen wir, den sternekotzenden Himmel über uns …

SONDERLICHE SPHÄREN

Bebra ... Bebra ...

Das Telefon klingelte, sie griff nach dem Hörer. Eine sonore Männerstimme drang an ihr Ohr. Der Anrufer machte ein Angebot. In der Wintersaison en suite ein Stück von Tennessee Williams. Sie sollte die Hauptrolle spielen. An einem renommierten Theater. Sie war entzückt. Der Winter schien gerettet. Ein Nachsatz folgte. Sie sollte vorsprechen. Am besten schon bald, in den allernächsten Tagen.

Nachdem sie den Hörer aufgelegt hatte, kamen die Gedanken ... Vorsprechen war ein Klacks für sie. Sie liebte es, den Bühnenraum für sich allein zu haben, ihn auszufüllen mit ihren Gesten, ihn mit ihrer Stimme auszuloten, wie weit gehe ich, nur ich? Aber wahrscheinlich würden sie Requisiten bereitstellen, zwischen denen sie hin und her eilen, an denen sie sich festhalten, mit denen sie sprechen sollte. Ihr jedoch genügte ein leerer Raum. Sie sollten sie anstarren und an ihrer Gestalt mit aller Macht hängen. So wie damals – in … ach, es war so lange her …

Nach Jahren des mühsamen Aufstiegs, nach all den wiederkehrenden Jahreszeiten in der flachen Provinz, nach den Episoden mit jugendlichen Liebhabern, generösen Herren, nach Tagen voller Sinnlichkeit und Schwere, nach öden Wartereien, dem Lampenfieber und der Sehnsucht nach einem großen Auftritt, war es endlich soweit. In ihrer ersten großen Rolle hatte sie das Publikum ergriffen, es aus seiner Lethargie erlöst.

Denn auch die Menschen mussten warten, warten auf eine große Begabung, der sie ihre Herzen zuwerfen, ihre verborgenen Empfindungen schenken konnten.

Es war nicht die Rolle ihres Lebens, die sie damals spielte, ihr war so gar nicht mehr bewusst, was es war, das sie tief in sich, so ganz erfasst hatte. Wieso war ihr das entfallen? Sie hatte doch diese Rolle, die bis dahin so unverstanden gespielt worden war, bis ins äußerste Gefühlsmoment ausgefüllt – hatte die Erwartungen des Publikums erfühlt, den ihr zubrausenden Beifall gierig und dankbar aufgenommen.

Sie blickte hinaus, am Himmel zeigte sich eine zarte Bläue, umzackt von weißgrauen Wolken. Ein Hausdach stieß bizarr hinein. Ach könnte sie noch einmal …

Die Rolle, die sie jetzt spielte, hätte sie am liebsten vergessen. Auch wie sie dazu gekommen war. Die grauweißen Wolken griffen nach der sanften Bläue, schoben sich näher …

Sie begann ihren Koffer zu packen, holte alles herbei und legte es in den Trolley, den ihr jemand geschenkt hatte, der daran glaubte, dass sie noch zu vielen Gastspielen reisen würde.

Überraschend gaben die Wolken das Blau frei. Sie zogen in alle Himmelsrichtungen davon und bildeten wattig den Rahmen, aus dem das Blau floss …

Eine Szene zum Vorsprechen musste sie sich noch zurechtlegen. Noch niemals war sie in diesem Stück aufgetreten. Etwas wie Furcht davor stieg in ihr auf. Sie kannte die Rolle aus dem Kino, es war eine wunderbare Rolle, verkörpert von der großartigen Vivien Leigh. Die Hollywood-Diva spielte eine alternde Schauspielerin, die eines Abends vor dem Bühnenspiel zurückschreckt, sich nicht mehr zutraut, zu spielen. Ihre Reise nach Italien, ihre Flucht ins Ungewisse war kein Spiel mehr, nur noch haltloses Leben. Der Himmel hatte sich endgültig zugezogen. Die grauen Wolken überzogen ihn weithin. Sie ging ans Bücherregal – suchte und zog schließlich den Band heraus. Beim Blättern kamen ihr noch mehr Bilder zurück. Die Verfolgung durch einen unbekannten, düsteren jungen Mann. Die Verehrung und Werbung des jungen, trotzigen Warren Beatty, ihre furchtsame Zurückhaltung, ihre Angst vor der Hingabe. Es war so eine ganz andere Rolle als ihre Glanzrolle in Wer hat Angst vor Virginia Woolf?

»Welch eine Bruchbude – woher stammt das? Woher? Bette Davis kommt nach einem langen Arbeitstag nach Hause, in die klitzekleine Wohnung, die sie mit Joseph Cotten behaust. Und sie sagt, als sie hereinkommt: Welch eine Bruchbude!«

Sie liebte das Kammerspiel, wenig Akteure auf der Bühne, anders als beim großen Spiel, wo sich alle – heimlich – beäugten und beim Spielen sich wie um einen Knochen scharten. Sie wusste, sie konnte dem Text geheime Flügel verleihen.

Die grauen Wolken waren dicken Daunenwolken gewichen. Es musste geregnet haben. Sollte sie noch einen Spaziergang wagen, vor dem Auftritt? Die unvermutet grell aufscheinende Sonne in der Trägheit des Nachmittags, erinnerte sie an die Atmosphäre in dem Drama »Der römische Frühling der Mrs. Stone«. Die Naturstimmung entsprach der Atmosphäre im Stück. Der Name Stone bedeutete überraschend eine Haltung, so, als ob ein Stein sich von anderen, mit denen er bisher zusammen gelegen hatte, löste und abwärts rollte.

Als sie sich zur Reise aufmachte, lag das Buch da, ein altes zerfleddertes Exemplar.

Den Bahnhof überschwemmte eine unübersehbare

Menschenmenge, durch die hindurch sie sich drängen musste, wollte sie den Zug noch erreichen. Im Abteil saß sie inmitten einer vielköpfigen Familie. Sie wollte sich ablenken, suchte das Stück in ihrer Handtasche, fand es nicht, schloss die Augen, versuchte zu schlafen. Von weither rief es in ihr Ohr: »Bebra – Bebra«, schepperte es aus dem Bahnhofslautsprecher. Sie quälte sich aus dem Zugabteil, lief zum Bahnhofsausgang, winkte ein Taxi herbei und ließ sich in die Polster fallen.

Vor dem Hotel blieb sie aufseufzend stehen. Sie konnte sich nicht erinnern, je ein solch hässliches Haus betreten zu haben. Hässlich war gar kein Ausdruck – es war schäbig, verkommen. Wie konnte man sie nur dort hin bestellen?

An einem schmierigen Schreibtisch, der die Rezeption vorstellen sollte, erfuhr sie, dass es gar nicht das Hotel war, wo man sie erwartete.

Um die Ecke befand sich der neumodische Gebäudeklotz, farblich abgesetzt von den umliegenden Häusern. Von einem Pagen wurde sie nach oben geleitet. Als sie aufatmend den Raum betrat, zuckte sie leicht zusammen. Drei Herren in Anzügen mit dezent gestreiften und gepunkteten Krawatten saßen um einen Glastisch auf dem drei Gläser und eine Flasche standen. Einer der Herren wandte sich ihr zu, begrüßte sie und bedeutete mit einem Handschwenk, wo sie ihr Gepäck abstellen sollte. Zwar war ein Zimmer für sie reserviert, doch stand ihr das allem Anschein nach erst nach ihrem Auftritt zur Verfügung.

Sie legte ihren Mantel ab und zog sich in eine Ecke zurück. Nach kurzer Besinnung trat sie in die Mitte des Raumes, flüsterte: »…wenn Sie es genau wissen wollen, ich bin gekommen, um mich treiben zu lassen – ich lasse mich treiben…«

Die Herren hatten ihre Sessel in ihre Richtung gerückt. Mrs. Stone gab ihre Vorstellung: »Du darfst es bitte niemandem sagen, aber ich bin unheilbar krank.« Ein Sesselpolster knackte. Sie flehte: »Aber Du hast doch gesagt, dass Du mich liebst?«

Die Herren klatschten. Sie legte eine freundliche Miene auf, sie war unterbrochen worden, der Ausklang fehlte ihr. Die Herren waren sichtlich beeindruckt von ihrem »wirkungsvollen« Spiel. »Glaubhaft, wahrhaft« – die hundertmal ausgestoßenen Beschwörungen umschwirrten ihren Kopf. Sie tranken aus ihren Gläsern, während sie ihren Mantel anzog. »Möchten Sie ein Glas mit uns trinken?« Sie wehrte höflich ab.

An der Rezeption sollte sie sich ihren Zimmerschlüssel abholen. Sie ging langsam und bedächtig die Treppe hinunter. Was war das gewesen?

Schnell lief sie an der Rezeption vorbei. »Wir rufen Sie an!«, hatten sie ihr versichert. Warum anrufen, und wann? Warum nicht gleich eine Entscheidung? Sie war vom Leben präpariert für diese Rolle, das hatte sie so sehr empfunden. Das Leben hatte sie sozusagen auserwählt, ausfindig gemacht für diese Rolle. Sie wollte Mrs. Stone geben. Es wäre eine Lust …

Am Bahnhof stellte sie fest, dass der Zug erst in einer Stunde ging. Es blieb also Zeit, um noch etwas zu trinken. Jetzt wollte sie trinken. Was hatte Mrs. Stone getrunken? Sie wusste es nicht mehr. War es Gin oder Brandy? Whisky oder Martini? Egal. Sie bestellte einen doppelten Gin. Der Trank der Einsamen. Männer und Frauen.

Würden Sie anrufen?

Der Zug fuhr dahin. In gleichmäßigen Abständen ratterten die Räder über die Schwellen. Sie hatte sich schon bald auf eine Bank des leeren Abteils gelegt. Sich treiben lassen … Das Schwellenrattern verklang. Unruhig war ihr Schlaf. Sie spürte eine zarte Berührung.

Mrs. Stone saß hoch aufgerichtet vor ihr, elegant im Negligé. Mrs. Stone flüsterte ihr zu: »Ich bin … zu alt für meine geliebten Rollen … lasse mich treiben … treiben … weiß ja nicht, wo ich hingehöre … Natürlich, ich war … die Verkörperung von ein paar Rollen …«

Sie wollte antworten und spürte eine schmerzhaft drückende Last auf ihrer Brust. Von weither rief es an ihr Ohr: »Leben«, krächzte und scheppere es aus dem Bahnhofslautsprecher »treiben«.

Sie überließ sich dem Geschnaufe der Maschine, ließ sich treiben ...

Die Taube

Im letzten Herbst flog eine weiße Taube auf die Wiese vor unser Haus. Sie trippelte unsicher über das Gras. Ein Huhn kam ihr pickend entgegen – die Taube trippelte furchtlos an ihr vorbei.

Nach kurzer Zeit hockte sie leicht dösend im schützenden Wurzelgeflecht eines Baumes, mit aufgeplustertem Gefieder. Sie drehte ihren Körper immer tiefer in den warmen Sand und breitete ihre Flügel aus. Ein Habicht kam geflogen und ließ sich etwas entfernt von ihr nieder. Er stieß ein paar krächzende Laute aus – die Taube reckte und streckte sich, ihr Hals wurde lang, der Körper schmal – sie drehte ihren Kopf nach allen Richtungen – bis sie wieder dösend im Gras saß.

Am nächsten Morgen lief ich gleich nach dem Aufstehen in den Garten, die Taube war nirgends zu sehen – dabei war mir so, als lebte ich schon viele Jahre mit ihr.

Ich wollte schon weggehen, da sah ich ein paar Federn im Gras liegen. Weiße Federn. An den Federn klebte Blut. Ich blickte mich um und hörte ein Miauen aus dem Gebüsch. Es war der Kater von nebenan. Ich lief auf das Miauen zu. Der Kater stand auf seinen drei Beinen im Gestrüpp vor der Taube, die ausgestreckt im Gras lag. Ich lief zu ihr und schob ihr meine Jacke unter. Dann trug ich sie ins Haus. Der Kater humpelte miauend hinter uns her. Ich schloss schnell die Tür und legte die Taube vorsichtig auf dem Tisch ab. Sie regte sich nicht. Lebte sie überhaupt noch?

Nach einer Weile setzte ich mich an den Schreibtisch. Ich schrieb von Minette, an die ich mich nur noch schemenhaft erinnere. Ich erzähle ihre Lebensgeschichte, beschreibe die Tage ihrer Sünden, wie ihr erster Mann ihre häuslichen Nachlässigkeiten bezeichnete. Die Tage, als die Tür von außen verschlossen war und Minette blicklos hinter den Gardinen saß. Die Abende, an denen ihm das Essen nicht schmeckte, und erneut der Staubsauger hervorgeholt werden musste, der Fußball durchs Zimmer schoss, der Aschenbecher überquoll und die Nacht drohte. Pierre hatte sie daraus befreit.

Plötzlich hörte ich ein Geräusch. Ich stand auf und lief zum Tisch. Die Taube versuchte auf ihre Beine zu kommen. Ich konnte ihr nicht helfen, mochte ihren gefiederten Körper nicht anfassen. Sie schien sich auf ein geheimes Zeichen hin zu bewegen. Ich öffnete das Fenster, da kam der Habicht angeflogen, so, als habe er bereits gewartet und landete flügelschlagend auf dem Fenstersims. Die Taube stand jetzt auf den Beinen und legte ihren Kopf zur Seite. Der Habicht flog zum Baum zurück und die Taube trippelte das Viereck des Tisches ab. Sobald sich ihre Krallen über die Tischkante bogen, kehrte sie wieder zur Tischmitte zurück.

Die Wohnungstür wird aufgeschlossen. Jetzt kommt Pierre nachhause, dem ich meine Lebensbeichte vorenthalte – es ist schon mein sechster Versuch. Ich schließe den Computer und berge die Taube in meiner Jacke. Vom Flur aus rufe ich Pierre zu: »Besorge uns doch bitte eine Voliere«, dann trage ich das Bündel nach draußen. Im Gehen flüstere ich Sylvie ma douce und nehme mir vor, sie vor allem zu beschützen. Ich setze sie wieder in das Wurzelgeflecht des Baumes, stelle Wasser und Körner dazu und bleibe neben ihr sitzen.

Später kommt Pierre mit einer riesigen Voliere über die Wiese geeilt. Ich setze »Sylvie ma douce« vorsichtig in die Voliere und stelle die unangetasteten Schüsselchen mit Körnern und Wasser hinein. Die Taube sitzt da und döst. Ich lasse sie allein.

Im Haus hat Pierre schon den Tisch gedeckt und wartet

geduldig mit dem Essen. Ich setze mich an den Tisch – es riecht sehr appetitlich. Ich lege mir die Serviette über den Schoß und beginne zu essen. Was will der Habicht von der Taube? Ich hatte hier nicht oft einen Habicht gesehen. Vielleicht waren beide aus einem Gehege ausgebrochen und eine Weile zusammen geflogen, bis die Taube …

Es klingelt. Pierre erwartet Besuch. Ein Geschäftsfreund aus alten Tagen hat hierher gefunden. Pierre will Vieles von ihm wissen. Ich gehe in die Küche, hole das Dessert und trage es zum Tisch. Als der Besuch gegangen ist, bekomme ich Schüttelfrost – oder ist es ein Krampf der Glieder – die sonst gleichmäßig mitspielen? Pierre bringt mir meine Tabletten mit einem Glas Wasser. Meine Hände zittern. Pierre streichelt sie. Er steckt mir die Tablette in den Mund und hält das Glas vor mein Gesicht. Ich trinke und schlucke.

Am nächsten Morgen lief ich hinaus in den Garten. Die Taube saß da und hatte den Kopf in ihr Gefieder versenkt. Die Schälchen waren noch voll. Sie machte keine Anstalten, aus der Schale zu trinken. Und sie blieb, wo sie war und wandte auch nicht den Kopf, ich musste ihr also helfen. Ich streute ein paar Körner auf die Handfläche und hielt sie ihr vor den Schnabel. Sie pickte ein paar Mal in meine Hand. Ihre Augenlider flatterten. Darunter lagen weißliche Schleier. Später gelang es ihr mit meiner Hilfe, den Schnabel in die Schüssel zu halten und von dem Wasser zu trinken.

Nach ein paar Tagen fand sie ganz ohne meine Hilfe mit ihrem Schnabel das Wasser und die Körner in den Schüsselchen.

Von einem langen Spaziergang zurückgekehrt, bleiben wir vor der Voliere stehen. Pierre sagt lobend, dass die Taube jetzt wohl beachtliche sechs Lenze zählen müsste.

Die Taube hat sich aufgerichtet. Draußen schwingt der Habicht seine weiten Flügel. Die Taube hört seine Schreie und flattert mit den Flügeln. Das Wunderbare ist … sie hat sich – genau wie Minette – an die Fürsorge gewöhnt.

Es muss sich etwas ändern ...

»Menschen verhalten sich oft so, als säßen sie im Knast – rund um die Uhr eingepfercht in ein krankes Gefühl, wo sie doch leicht und lustig sein könnten. Sie müssen da etwas ändern ...«, die Türklingel jubilierte und unterbrach die Radiostimme. Der Postbote stand vor der Türe. Ob sie ihm nicht ein Paket für die Nachbarin annehmen könnte? Renate nahm es ihm ab: »Was haben Sie denn da noch, ist das für mich?« Der Bote druckste herum: »Ja, aber – ich kann es Ihnen erst am Mittwoch aushändigen, an Ihrem Wunschtermin.« Renate war irritiert, sprachlos. Dann brach es aus ihr heraus: »Letzte Woche wurde nicht geklingelt und die Benachrichtigungskarte einfach in den Briefkasten gesteckt, obwohl ich zuhause war. Beim Abholen der Sendung stürzte ich und verletzte mich. Seither schleppe ich mich mit Schmerzen durch die Gegend.« Der Postbote murmelte: »Seien Sie bitte am

Mittwoch zuhause« und hoppelte die Treppe hinunter.

Am Mittwoch wartete sie den ganzen Tag in ihrer kleinen Wohnung, seufzte ein ums andere Mal und ersäufte ihre Blumen mit der Gießkanne.

Der Postbote kam nicht. Sie griff zum Telefon: »Ich hab' jetzt endgültig die Nase voll von Ihrer Paketzustellung. Mein letztes Paket sollte am Samstag kommen – ich war nicht zuhause und habe den Liefertermin umgebucht für Mittwoch. Am Mittwoch, dem Wunschliefertermin, war ich den ganzen Tag zuhause, es kam kein Paket. Heute war ich zuhause und stelle beim Weggehen um 14:00 fest, dass der Bote da war, eine Karte in den Briefkasten gesteckt – aber nicht geklingelt hat!!! In welchem Irrenhaus lebt man eigentlich mit Ihnen als Postlieferanten???« Es kam keine Antwort. Die andere Seite hatte aufgelegt.

Sie hatte Lust, das Telefon an die Wand zu werfen, sah es splittern und zu Boden krachen. Stattdessen legte sie den Hörer daneben und das unaufhörliche Besetztzeichen begleitete ihre Mimik, die Grimassen, mit denen sie sich befreite von ihrer Enttäuschung, dem Ärger, ihrer Empörung.

Sie gab sich einen Ruck und brüllte den Vogel an, der trübsinnig auf seiner Schaukel saß.

Am nächsten Tag humpelte sie zum Arzt.

»Meine liebe Frau Wagner, was wollen Sie? Sie sind

kerngesund. Haben sich eine erstaunliche Jugendlichkeit bewahrt. Sie brauchen keine Kur, den Antrag heben Sie mal schön auf, bis es Ihnen so richtig schlecht geht.«

Auf der Straße spürte sie eine große Müdigkeit und wurde so richtig sauer, auf die Welt. Nach ein paar Schritten freute sie sich auf einen ruhigen Fernsehabend mit einem Krimi. Vorher wollte sie noch was Leckeres zu Abend essen – vielleicht Honig-Hühnerkeulchen mit einem kleinen Salat – da kamen ihr ein paar Schuljungs mit einem Fußball – den sie hin und her kickten – entgegen. Sie dachte – hoffentlich nicht zwischen meine Beine und lief schneller. Der den Ball gerade kickte, lief an ihr vorbei und brüllte lauthals etwas seinen Freunden zu, sie erschreckte sich, ihr Trommelfell platzte fast und im Weitergehen schimpfte sie laut: »Verdammt noch mal, was brüllst Du mir so in mein Ohr!«, das hätte sie besser gelassen, denn jetzt gings erst richtig los – der Ball flog ihr zwischen die Beine, sie stolperte, fiel hin und sah in ein kleines Gesicht, der kleine Mund fragte in strengem Ton: »Was haben Sie da gerade gesagt?« Renate drückte ihre Hände gegen den Boden, krabbelte auf alle Viere, erhob sich mühsam und stand auf wackligen Beinen. Sie machte ein paar unsichere Schritte, fasste sich ans schmerzende Kinn: »Ach lass mich in Ruhe.« Dabei sah sie ihn vorwurfsvoll an. Er fixierte sie mit eiskalten Nadelaugen: »Sollen wir Kinder nicht auf der Straße spielen? Wollen sie uns das verbieten?« Renate humpelte weiter, er folgte ihr, blieb dicht an ihrer Seite, als gehöre er zu ihr, unverwandt starrte er sie an, mit seinen Nadelaugen. Plötzlich befiel sie eine Angst, so, als würde das Kind an ihrer Seite sie niemals mehr frei geben. Sie griff in ihre Jackentasche und holte ihr Handy heraus: »Ich rufe die Polizei, wenn Du mich nicht in Ruhe lässt!« Konfus tippte sie auf ihrem Handy herum. Der Junge betrachtete sie weiter ungeniert und seltsam interessiert. Sie fühlte sich aufgespießt von seinem stechenden Blick: »Haben Sie etwas gegen spielende Kinder?« Dann blickte er sich nach seinen Kameraden um »Rufen Sie nur die Polizei, wir haben ihr auch was zu sagen.« Wie von einem Faden gezogen, drehte sich der Junge um, lief seinen Freunden hinterher. Aus sicherer Entfernung hörte sie ihn rufen: »Ich wär gern dabei – wenn die Polizei Sie auslacht!« Mit zusammengebissenen Zähnen lief sie weiter.

In der U-Bahn klingelte es in jeder Ecke, sie hörte allerlei Gesprächsfetzen: »Ich bin gleich da« – »Ich muss vorher noch zum Friseur« – »Kannst Du bitte kommen, meine Deckenlampe funktioniert nicht mehr« – »Du hast vergessen deine Schuhe mitzunehmen« – »Wann bekomme ich mein Geld zurück?« – »Ich bin's, tut mir leid, dass ich so reagiert habe«. Renate fing an zu schreien und rempelte jemanden beim Aussteigen an, der zurück rempelte.

Am Gendarmenmarkt setzte sie sich ins Strassencafé und bestellte ein Glas Weißwein. Sie trank es in einem Zug leer. Das nächste ebenso. Das dritte schaute sie schielend an, griff beherzt danach, da rannte plötzlich jemand an ihr vorbei, stieß gegen ihren Tisch und das Glas fiel in ihren Schoss. Sie schrie auf und weigerte sich, das Getränk zu bezahlen.

Als die Polizei kam, bezahlte sie es.

»Ändern, es muss sich was ändern ...«, hallte die Radio-Mahnung in ihrem Schädel von einer Wand zur anderen. Ja, natürlich, sie wollte etwas ändern. Aber wie? Gedankenvoll ging sie dahin.

Auf dem Heimweg bettelte sie eine düstere Gestalt an. Sie boxte den Mann gegen die Brust, er grapschte ihr an den Busen, sie schubste ihn, er schubste zurück. Sie ohrfeigte ihn kräftig, er wankte und fiel zu Boden. Sie bückte sich, da ergriff er ihre Jacke und zog sie nah zu sich heran. Er gurgelte Blutblasen, blies ihr seinen Atem ins Gesicht, sie erstickte fast an seinem Mundgeruch. Dann schlug sie zu und fiel auf ihn, in einer Schockstarre.

Als sie die Augen öffnete, lag sie auf einer Pritsche und blickte durch ein vergittertes Fenster. Warum, Teufel noch mal, hatte sie die Radiosendung nicht zu Ende gehört?

Inhaltsverzeichnis

Über die Autorin

Waltraud Schade, geboren 1946 in Stuttgart, Magister in Germanistik mit Abschlussarbeit über Karoline von Günderrode und Bettine Brentano. Tourismus- und Öffentlichkeitsarbeit in der Fraueninfothek Berlin. Vorträge und Lesungen verschiedener Texte und zu Aspekten meiner Magisterarbeit. Moderation zu einer Kunstausstellung, Essay zur Kunst von Brigitta Sgier und Ulrike Bock. Veröffentlichungen von 1975 – 2006, u.a. Text zur Geschichte der Frauenprojekte in Berlin-Schöneberg. Texte über die Ereignisgeschichten historischer Gebäude in Berlin-Kreuzberg und Tiergarten. Biografien für eine Friedhofs-CD Rom über Berühmtheiten des 19. Jahrhunderts. Biografien von Schriftstellerinnen in Berlin-Treptow. Veröffentlichungen in Anthologien, Sachbüchern und zwei Buchpublikationen. Mitarbeit im Frauen- und Lesbenprojekt RuT in Berlin. Im Verein mit den „Mörderischen Schwestern" (Krimiautorinnen) und im VS (Verband deutscher Schriftstellerinnen & Schriftsteller).

Seit 2009 Dozentin für deutsche Sprache.

Immer wieder begeistern mich meine Ideen und ich staune, was aus ihnen beim Schreiben wird.

Inspirationen

Das Penthouse
Zu diesem Texten inspirierte mich das schreckliche Ereignis in einem Hochhaus.

Hully-Gully im Hofcafé
Dieser Text ist in der Wut über die Verlogenheit einer Hausverwalterin entstanden, der ich ausgeliefert war.

Das Werk der Dämmerung
Der erste Satz schrieb sich selbst und zog alle nachfolgenden aus mir heraus.

Kretische Sommer
Hier habe ich mich an meine ersten Kreta-Ferien erinnert.

Finsteres Glück
Diese Geschichte habe ich mit einer Freundin erdacht, als wir auf Kreta streitende Lesben erlebten.

Sinnloser Taumel auf Kreta
Der Text ist bei meinem Aufenthalt im Norden von Kreta entstanden.

Die Woge
Nachdem ich durch eine Meereswoge fast mein Leben verloren hätte, musste ich darüber schreiben.

Der Mandelbaum
Ein reales Ereignis war das Urbild dieses Tableaus.

La Palma Sinistro
Bei einem Schlecht-Wetter-Inseltrip entstand dieser Text.

Bebra ... Bebra ...
In einer Drehpause in Cornwall erzählte mir eine Schauspielerin von einem Vorsprechen.

Die Taube
Bei einem Aufenthalt in Frankreich in einem Haus mit Garten kam ich auf diese Idee.

Es muss sich etwas ändern ...
Aufgrund eigener unglückseliger Momente ist dieses Potpourri entstanden.